Nouveaux contes du chat gris

DU MÊME AUTEUR
CHEZ LE MÊME ÉDITEUR

Contes du chat gris, 1994.

Jean-Pierre Davidts

Nouveaux contes du chat gris

Boréal

Les Éditions du Boréal sont inscrites au Programme
de subvention globale du Conseil des Arts du Canada.

Maquette de la couverture: Rémy Simard
Illustrations: Jacques Laplante

© Les Éditions du Boréal
Dépôt légal: 2ᵉ trimestre 1995
Bibliothèque nationale du Québec

Diffusion au Canada: Dimedia
Distribution et diffusion en Europe: Les Éditions du Seuil

Données de catalogage avant publication (Canada)
Davidts, Jean-Pierre

   Nouveaux contes du chat gris

   (Boréal junior; 39)

   Pour les jeunes.

   ISBN 2-89052-693-3

   I. Laplante, Jacques, 1965-   . II. Titre. III. Collection.

PS8557.A818N68   1995   jC843' .54   C95-940463-5
PS9557.A818N68   1995
PZ23.D38No   1995

*Merci à Nicolas
pour son aide précieuse.*

*Pour Charles-Élie, Antonin
et ceux qui suivront.*

CONTE PREMIER

— Quel patapouf, ce chat! Son estomac est un gouffre sans fond, s'exclama Maman en regardant Balthazar avaler goulûment sa pâtée. D'ailleurs, ce n'est plus un chat mais un estomac sur pattes. S'il continue d'engraisser à ce rythme, il mourra sûrement d'une crise de foie.

Imperméable à ces commentaires désobligeants à l'endroit de sa personne, Balthazar continuait d'ingurgiter sa pitance comme si sa vie en dépendait.

— Je conviens qu'il est un peu ventripotent. Nous pourrions toujours le mettre au régime, proposa Papa.

À ces mots, Balthazar redressa une oreille, ce qui fit rire Maman.

— Regarde, je crois qu'il t'a compris.

— Ne dis pas de bêtise, ce n'est qu'un animal.

Après avoir consciencieusement nettoyé les dernières miettes de nourriture qui maculaient son bol, Balthazar quitta la cuisine en affichant le plus parfait mépris pour toutes ces calomnies.

— Quel ingrat! Même pas un ronron de reconnaissance, bougonna Maman.

Comme pour la contredire, Balthazar se frotta contre les jambes de Nicolas quand il arriva dans le salon.

— Alors, bien mangé, mon gros?

Un chat ordinaire n'aurait pas réagi à cette question, mais Balthazar n'était pas un chat comme les autres. Il parlait aussi bien que n'importe qui et comprenait ce que chacun disait. Nicolas était le seul dans la connivence. C'était leur secret.

— Ils se sont encore moqués de ton ventre?

— Pfft, répondit le vieux chat en entreprenant de lisser sa fourrure. Il est vrai que j'ai pris un peu de poids ces derniers temps, le manque d'exercice sans doute. Mais de là à me traiter de patapouf! J'en connais qui me battraient à plate couture!

— Ah oui, qui, par exemple?

— À tout le moins Popaul. S'il y en a un qui méritait ce surnom, c'était bien lui.

— Popaul?

— Popaul, l'hippopotame. D'ailleurs, le jour où il s'est rendu compte de sa corpulence, il en a fait une maladie qui a bien failli lui coûter la vie. Je ne t'ai jamais raconté son histoire?

— Non.

— Voyons voir...

Popaul et Virginie

Ce jour-là, Popaul l'hippopotame avait découvert sur la berge d'une petite anse du fleuve, un peu à l'écart de l'endroit où paissait habituellement le troupeau, un peuplement de graminées et de plantes aquatiques d'un goût particulièrement savoureux dont il se promettait bien de garder l'exclusivité. Si son absence n'éveillait pas trop la curiosité de ses congénères, la plantation lui fournirait l'équivalent d'au moins deux ou trois repas.

Popaul avait décidé de s'attaquer à ce grand plat végétal que lui offrait si généreusement la nature de façon méthodique, afin de ne rien perdre du succulent mélange. Il brouterait d'abord les herbes qui poussaient au bord de l'eau, puis s'éloignerait petit à petit de la rive vers les plantes plus sèches et plus nourrissantes marquant le début de la savane.

Ouvrant grand la gueule, Popaul referma des mâchoires aux crocs impressionnants sur une grosse touffe qu'il arracha et avala goulûment.

— Holà! Ça va pas la tête? fit une petite voix flûtée suivie d'un vrombrissement furieux. On ne peut plus se reposer cinq minutes sans risquer de se faire avaler par une montagne de graisse ambulante alors?

Sans cesser de mastiquer, Popaul s'efforça de découvrir d'où sortait cette voix coléreuse aux accents de mirliton. Il aperçut finalement sur une feuille de roseau une jolie libellule dont les ailes découpées comme un vitrail décomposaient la lumière du soleil dans toutes les couleurs de l'arc-en-ciel.

— Excusez-moi, madame...

— Mademoiselle, je vous prie, rectifia la libellule en battant des ailes pour les débarrasser de la rosée.

— Euh, mademoiselle. Je vous demande pardon, je ne vous avais pas vue.

— Pas étonnant quand on est si gros!

Gros? Popaul ne l'avait jamais remarqué. En vérité, il se trouvait même un peu maigre pour son âge.

— Pourriez-vous vous pousser un peu, s'il vous plaît, vous cachez le soleil.

Popaul obtempéra, s'écartant d'un pas. Il sentit soudain la terre spongieuse s'enfoncer sous ses pattes tandis qu'il se déplaçait.

— Malheureux! Regardez ce que vous avez fait!

— Quoi, quoi? s'alarma notre ami sans comprendre la raison d'un tel émoi.

— Là, sous votre patte. Vous venez d'écraser cette merveilleuse violette.

Popaul souleva avec mille précautions le membre incriminé et approcha un œil du sol. Au milieu des herbes aplaties, on apercevait une minuscule tache mauve.

— Vous ne faites donc jamais attention où vous mettez les pattes?

— Je suis désolé. Je vous jure que je ne le ferai plus, promit Popaul en se demandant bien comment il éviterait les myriades de fleurs qui poussaient le long de la rive sans en écrabouiller quelques centaines quand il irait retrouver le troupeau.

— Je m'appelle Popaul, et vous?

— Virginie.

— Vous venez souvent par ici?

La libellule, dont les ailes avaient fini par sécher, ne répondit pas. Elle s'envola plutôt en direction d'une fleur dont le capitule jaune ponctuait d'or l'herbe émeraude.

— Hmmm! vrombit-elle

— Que faites-vous? interrogea Popaul avec curiosité.

— Le nectar de cette fleur est absolument divin! Tenez, sentez!

Popaul s'approcha avec précaution sur le bout des pattes, de crainte de réduire d'autres fleurs en bouillie par inadvertance. Marcher de cette façon ne s'avérait guère commode quand on avait la plante des pieds de la largeur d'une raquette de tennis. Il pencha la tête vers la fleur. Malheureusement, celle-ci était si petite qu'elle entrait tout entière dans une seule de ses narines.

— Je ne sens rien, avoua piteusement notre hippopotame.

— Vraiment? Quel dommage, compatit Virginie. Vous ne savez pas ce que vous manquez.

Elle abandonna son piédestal floral pour un autre, un peu plus loin.

(Le narrateur ouvre ici une parenthèse car il entend déjà les biologistes dans l'assistance protester : « Cette histoire est un vrai tissu de mensonges. Les libellules ne butinent pas, ce sont des insectes carnassiers! » Il leur rappelle charitablement que l'histoire se déroule avant la venue de l'homme sur la terre et que la libellule dont il parle est une espèce aujourd'hui disparue qui se nourrissait exclusivement de nectar, à la manière des papillons. Il est heureux d'avoir ainsi pu apporter sa modeste contribution à l'avancement de la science. Et maintenant, revenons à nos moutons... ou plutôt à notre hippopotame.)

Popaul observa Virginie voyager de fleur en fleur. Ce devait être vraiment agréable de se déplacer ainsi.

— Aaah! cette prairie est un vrai jardin de délices, je ne m'en lasserai jamais, déclarat-elle en revenant se percher sur un épi de graminée, à la hauteur des yeux du héros de cette histoire.

Popaul, dont la gourmandise n'était pas loin d'être proverbiale, sentit l'eau lui monter à la bouche. Jamais encore ne lui était venue l'idée qu'il pourrait exister des aliments dont la succulence lui avait échappé.

— J'aimerais tant goûter à ces délices moi aussi, hasarda-t-il, caressant le secret espoir que Virginie l'invite à sa table.

— Sans vouloir vous offenser, vous êtes bien trop gros. Un palais très fin est indispensable pour apprécier ce nectar, mais si jamais vous maigrissez, revenez me voir, nous ferons la tournée des grands sucs. Adieu.

Virginie décolla et disparut pendant que Popaul reprenait pensivement le chemin qui le ramènerait au bercail. Jamais il n'avait remarqué que le sol s'enfonçait ainsi sous lui quand il marchait. Il se sentit brusquement très lourd. Bien sûr, il se déplaçait plus aisément dans l'eau que sur la terre ferme, mais sa grosseur en était-elle la cause ? Il s'en ouvrit à sa mère.

— Gros? Gros! Toi? s'exclama-t-elle. Mais non voyons. Je te trouve même un peu maigrichon.

Effectivement, quand il se comparait aux autres membres du troupeau, Popaul était forcé d'admettre qu'il ne faisait pas le poids. Néanmoins, Virginie avait sérieusement ébranlé ses convictions. Jamais jusqu'à présent il ne s'était pensé en terme de «gros».

Les jours suivants, Popaul passa le plus clair de son temps dans la rivière, pendant que ses congénères parcouraient la berge en quête de nourriture. Il rêvassait près de la rive, suivant de ses gros yeux le ballet des papillons et des libellules.

— Ah! qu'il doit être agréable de se laisser porter par le vent d'une fleur à l'autre pour s'enivrer de leur nectar, soupirait-il.

Un léger choc sur le dos le tira de sa rêverie. Popaul vit un gros bec en forme de ciseaux rouges et jaunes surgir dans son champ de vision. C'était Jojo, son meilleur ami, pique-bœuf de son métier, qui lui rendait régulièrement visite pour le débarrasser des tiques et autres parasites agrippés à sa peau. Jojo était en quelque sorte son nettoyeur personnel.

— Alors mon gros, on est dans la lune?

Popaul poussa un profond, un énorme soupir.

— Houlala, ce n'est pas la grande forme aujourd'hui. Que se passe-t-il?

— Dis-moi Jojo, c'est agréable de voler?

— Ah! voler, je n'ai jamais connu sensation plus excitante. Fendre l'air, monter très haut jusqu'à ce que même les éléphants soient aussi petits que des fourmis, puis piquer comme une flèche vers le sol. Je ne m'en lasse jamais. Pourquoi me demandes-tu cela?

— Pourrais-tu m'apprendre?

La question était si inattendue que Jojo en ouvrit le bec et laissa s'échapper un asticot qu'il venait d'extirper à grand-peine d'un endroit de l'épiderme de Popaul d'accès particulièrement délicat.

— T'apprendre à voler, à toi? Euh... je suis désolé de te décevoir, mais tu es beaucoup trop euh... comment dire? beaucoup trop volumineux. L'atmosphère ne pourrait supporter un tel poids. La chose est bien connue, les plus lourds que l'air ne voleront jamais.

Popaul eut un soupir à fendre l'âme et s'enfonça si brusquement dans la rivière que Jojo ne put décoller assez vite pour éviter de se mouiller les pattes.

— Holà! holà! tu pourrais prévenir au moins quand tu plonges.

Seuls les yeux et les oreilles de Popaul émergeaient de l'eau.

— En voilà des manières! Qu'est-ce qui te prend? Je ne t'ai jamais vu ainsi. Quelque chose te tracasse?

De la gueule de Popaul sortit une grosse bulle qui creva la surface libérant dans l'air un incroyable soupir. Notre ami se redressa.

— Moi aussi, j'aimerais voler comme les oiseaux, butiner les fleurs comme les papillons et les libellules. N'y a-t-il vraiment aucun moyen de le faire?

Jojo, que l'air dépité de son ami chagrinait, réfléchit à la question.

— Eh bien, un vieux marabout a élu domicile un peu plus haut, dans un coude de la rivière. On le prétend un peu sorcier. Peut-être pourra-t-il t'aider.

— Tu crois?

— Je ne sais pas, mais cela ne coûte rien d'aller le voir.

Les deux amis remontèrent le cours du fleuve jusqu'à une petite baie où un vénérable oiseau au crâne chauve somnolait sur une patte, au soleil.

— C'est lui, chuchota Jojo.

Ils approchèrent doucement, mais à cause de sa masse, Popaul provoqua un raz-de-marée miniature qui força l'auguste échassier à poser la patte dans la vase pour ne pas être emporté par la vague.

— Mille millions de mille castors! Pas moyen de faire la sieste sans être dérangé. Que voulez-vous, petits chenapans?

Un peu gêné, Popaul finit par exposer sa requête, sur l'insistance de Jojo.

— Voler! Voler! s'exclama le marabout. Il est vrai que je pratique un peu la magie, mais mon art a des limites. Je réussirais peut-être à transformer une pomme en cerise, mais certainement pas un potiron.

Popaul ne saisit pas l'allusion.

— Je crois qu'il veut dire que tu es trop gros, chuchota Jojo toujours aussi serviable.

— Mais je pourrais maigrir, affirma notre hippopotame. Oh, monsieur le marabout, dites-moi, m'aideriez-vous à voler si je perdais du poids?

Le vieil oiseau n'osait trop s'engager. De la magie, il n'avait que quelques rudiments, rudiments qui s'échappaient par les trous de plus en plus béants de sa mémoire. En fin de compte, il recommanda à Popaul de se mettre au régime et de revenir le voir au début de la semaine suivante.

Son désir de voler et de goûter à ces nectars dont Virginie lui avait fait la réclame était si grand que Popaul tint parole et ne mangea pratiquement rien au cours des sept jours qui suivirent. Malheureusement, au terme de la semaine, il n'avait perdu que quelques maigres kilos.

— Ce n'est pas suffisant, décréta le marabout, reviens dans une semaine.

Popaul reprit son jeûne, faisant taire son estomac avec les herbes les plus amères, les moins engraissantes, et encore, en très petite quantité. Tous les matins, il questionnait invariablement Jojo: «Trouves-tu que j'ai maigri?»

Pour ne pas le décourager, celui-ci répondait qu'il fondait à vue d'œil, alors qu'en réalité, Popaul restait aussi rond, aussi volumineux qu'auparavant.

Une nouvelle semaine passa au bout de laquelle Popaul, persuadé que les kilos de graisse s'étaient envolés à tire-d'aile les uns après les autres, retourna voir le volatile décrépit qui somnolait toujours au soleil, en prenant un bain de pattes dans la rivière.

— Monsieur le marabout, voyez comme je suis maigre à présent. Pourriez-vous me changer en libellule?

Le vieil oiseau plissa les yeux, car sa vue n'était plus très bonne, mais il avait toujours la même grosse tache floue devant lui.

— Je crains que cela ne suffise pas encore, mon petit ami. Persévère et reviens me voir dans sept jours.

Popaul, plus déprimé que jamais, retourna à son régime.

Après quatre semaines de traitement intensif, notre ami dut bien se rendre à l'évidence: «Je n'y arriverai jamais. Ne pourriez-vous me faire voler quand même, ne serait-ce qu'une toute petite minute?»

Le marabout prit un air songeur, puis dit : «Ma magie n'est pas assez puissante pour exaucer ton vœu. Cependant, il y a peut-être une solution.»

Une lueur d'espoir brilla dans les yeux de Popaul.

— Laquelle?

— Au bout de la plaine se trouve un désert, et au bout de ce désert, une montagne. Une immense montagne. La plus haute du monde. À son sommet, pousse une fleur qu'on ne voit nulle part ailleurs. Elle est si légère que pour ne pas s'envoler, elle doit plonger ses racines dans la montagne la plus lourde du monde. Ramène-moi cette fleur et je te ferai voler.

Popaul jura qu'il la rapporterait.

Le lendemain, notre hippopotame se mit en marche avec pour seul bagage Jojo qui tenait absolument à l'accompagner, autant pour l'encourager que pour voir du pays.

Au début tout se passa bien. L'aventure avait pris un air de promenade et promettait de n'être qu'une agréable balade dans une vaste prairie qu'égayaient des fleurs par milliers. Devant cette abondance de capitules, d'ombelles, de spadices et de corymbes multicolores, Popaul ne pouvait s'empêcher de songer à Virginie et au plat succulent que représentait chaque fleur. Alors, l'eau lui venait à la bouche et il pressait le pas tant il lui tardait de gravir la montagne qui lui permettrait d'accéder à ces innombrables délices.

Malheureusement, la promenade se transforma vite en exercice exténuant pour notre hippopotame qui, privé du soutien de l'élément liquide, ressentait l'attraction impitoyable de son énorme corps.

— Pouf, pouf, soufflait-il tous les dix mètres. Je n'en peux plus. Je n'aurais jamais cru qu'une petite marche puisse être si fatigante. Pouf, pouf.

— Oublions cette folie et retournons à la rivière, suggérait Jojo peiné de le voir se démener ainsi.

La tentation était grande, mais l'image de Virginie se délectant du suc des fleurs revenait sans cesse à l'esprit de Popaul qui reprenait inlassablement sa marche. Il trouverait la plante qui l'aiderait à voler.

Il leur fallut cinq jours pour traverser la

plaine herbeuse et parvenir à la lisière du désert.

Popaul et Jojo s'arrêtèrent à l'endroit où les herbes et le sable luttaient pour s'accaparer la terre. Devant eux, s'étendait un vallonnement d'or d'où montait une chaleur si terrible qu'au-dessus du sable, l'air lui-même paraissait fondre.

— Tu vois la montagne, toi? interrogea Popaul, un peu inquiet à l'idée de traverser pareille fournaise.

— Attends, je m'informe.

D'un battement d'ailes savamment mesuré, Jojo s'éleva de quelques mètres dans l'air surchauffé.

— Il me semble bien apercevoir un petit chapeau pointu là-bas, très loin devant. Il y en a au moins pour trois jours de marche.

Popaul soupira avant d'enfoncer une patte dans le sable brûlant. Qui aurait cru que satisfaire une envie pouvait être si épuisant!

Trois jours et deux nuits passèrent. Popaul n'avait jamais connu de chaleur si torride, ni de froid si glacial. Durant la journée, notre héros cuisait, transpirait, fondait

au soleil; mais dès que celui-ci avait disparu à l'horizon, il grelottait, prenait froid et s'enrhumait.

Le matin du troisième jour, les deux compères parvinrent enfin au pied de la montagne. Elle était si haute que les nuages s'effilochaient à son sommet quand le vent les poussait par là et que les étoiles restaient bien haut dans le ciel de peur de s'y accrocher.

Cette nouvelle épreuve arracha une plainte à Popaul. La tentation de renoncer et de rebrousser chemin revint, mais le souvenir de Virginie l'emporta. Eût-il été un homme, Popaul aurait retroussé ses manches; n'étant qu'un hippopotame, il entreprit courageusement l'ascension du mont.

Heureusement pour lui, Jojo partait en éclaireur afin de repérer le chemin le plus praticable, les hippopotames n'étant guère doués pour l'alpinisme. À mesure qu'il grimpait et que le sol s'éloignait, Popaul se sentait gagné par le découragement. Les sentiers se faisaient plus ardus et plus étroits, l'air devenait ténu et froid, cependant aucune fleur ne pointait le moindre petit bout de pétale. Si la fleur dont lui avait parlé le marabout était si légère, peut-être s'était-elle envolée malgré tout? Popaul était sur le point d'abandonner quand Jojo s'écria tout à coup : «J'en vois une, j'en vois une!»

Effectivement, dans l'anfractuosité d'un rocher, une minuscule fleur blanche frémissait dans le vent comme si elle craignait que celui-ci l'emporte loin dans le ciel. Popaul dut s'y prendre à deux reprises pour détacher la délicate plante de son support, tant ses racines s'agrippaient fermement à la pierre.

Le retour leur parut beaucoup moins long que l'aller.

— C'est merveilleux, ne cessait de répéter Popaul. J'ai l'impression de flotter.

Jojo se taisait. Il doutait que ce «miracle» soit dû à la fleur, il voyait bien Popaul. Celui-ci avait tant sué et transpiré que la graisse qui lui enveloppait le corps s'était liquéfiée pour ne laisser que les plis d'une peau flasque et ballottante. Durant son périple, Popaul avait perdu près de 200 kilos! Il ressemblait désormais plus à un vieux cheval efflanqué qu'à un hippopotame rebondi et en bonne santé.

Il ne leur fallut que la moitié du temps pour accomplir le même chemin en sens inverse. Popaul n'avait qu'une hâte : retrouver le marabout. Comme d'habitude, celui-ci somnolait, les pattes dans l'eau, profitant de la tranquillité illusoire de son refuge, tranquillité que Popaul se fit un devoir de troubler par une arrivée intempestive.

— Mais ne me laisserez-vous jamais tranquille ! se plaignit l'échassier en battant frénétiquement des ailes pour ne pas tomber à l'eau. Que voulez-vous encore, sacripants ?

— Je vous rapporte la fleur que vous m'aviez demandée, déclara Popaul en tendant la plante flétrie qui pendait lamentablement dans sa gueule. Pourriez-vous me faire voler maintenant ?

— Hmmpf. Ainsi tu n'as toujours pas changé d'idée. Eh bien soit, si c'est vraiment ce que tu désires.

Le marabout ordonna à Popaul d'avaler la fleur, puis se mit à faire toutes sortes de simagrées. Il sautillait d'une patte sur l'autre, battait des ailes et claquait du bec en marmonnant de vagues incantations, mise en scène d'un ridicule consommé. Jojo, qui n'avait jamais eu grande confiance en la magie et en ceux qui la pratiquaient, restait à une distance prudente de l'énergumène. Se retrouver transformé en libellule ne lui disait rien qui vaille. Le vieil oiseau était cependant si drôle qu'il ne put s'empêcher de s'esclaffer.

— Un peu de sérieux, je vous prie, grogna le marabout, interrompant un instant sa pantalonnade. Nous ne sommes pas à la foire.

Jojo offrit ses excuses que le marabout accepta en maugréant avant de reprendre de plus belle ses sautillements. On aurait dit qu'une armée de puces l'avait envahi. Jojo se demandait si toutes ces pitreries aboutiraient vraiment à quelque chose quand l'échassier s'arrêta net et se jucha de nouveau sur une patte comme s'il s'apprêtait à se rendormir.

— C'est tout? s'étonna Jojo qui s'attendait à une manifestation spectaculaire, genre éclair ou explosion.

— Je fais de la magie, moi, monsieur, pas la pluie et le beau temps! Pour les coups de tonnerre, adressez-vous plus haut.

— Peuh! tu vois, Popaul, je t'avais bien

dit que ce n'était qu'un charlatan. Popaul ?
Popaul ?

Jojo avait beau écarquiller les yeux,
regarder partout autour de lui, Popaul avait
disparu. Il n'y avait dans la petite crique pas
plus d'hippopotame que de fromage sur la
lune, du moins si l'on en croit les astro-
nautes.

— Je suis ici, bourdonna une petite voix.

Jojo tourna la tête et aperçut la plus
grosse libellule qu'il lui avait jamais été
donné de voir. Une énorme libellule grise
qui faisait bien la taille d'un petit oiseau.

— Popaul, Popaul. C'est bien toi ?

— Oui. Oh, Jojo, je n'aurais jamais cru
que voler était si merveilleux. Regarde.

Popaul se lança dans une incroyable série
d'acrobaties, toutes plus audacieuses les unes
que les autres. Il virevoltait de gauche à
droite, accomplissait des loopings d'une folle
témérité, rasait les mottes de pâquerettes
sous les yeux ébahis de Jojo. Finalement,
Popaul salua son ami et fila dare-dare retrouver Virginie, car il mourait d'envie de goûter
aux délices floraux avec lesquels elle lui avait
fait tourner la tête.

Virginie dégustait à petites gorgées un nectar qui valait bien le plus délicieux des hydromels quand elle crut entendre son nom à plusieurs reprises.

— Oui. Qui m'appelle?

— C'est moi, mademoiselle Virginie.

Virginie tourna la tête dans la direction d'où venait la voix pour apercevoir une énorme libellule planer au-dessus d'un bouquet de fleurs pervenche. Jamais elle n'avait rencontré de congénère aussi volumineuse!!! Toutes proportions gardées, chez les libellules, celle-la aurait passé facilement pour un hippopotame.

— Mais je ne vous connais pas, monsieur.

— Si, si, rappellez-vous, mademoiselle... Popaul, près de la rivière. Seulement, j'ai un peu changé depuis la dernière fois.

— Popaul? Près de la rivière?

— J'ai failli vous écraser sous ma patte.

— Monsieur Popaul!!! Ça alors. Mais comment...

Notre héros lui narra son histoire, ne lésinant pas sur les qualificatifs pour souligner tout ce qu'il avait souffert afin d'acquérir le corps aéroporté qui était désormais le sien.

— Et vous avez fait tout cela pour moi ? s'extasia Virginie. Que c'est romantique.

Popaul hésita. Plaire à Virginie n'était pas vraiment ce qui l'avait motivé. Il s'agissait plutôt de la gourmandise, mais fallait-il la détromper ?

— Tout cela mérite une célébration. Venez, monsieur Popaul, laissez-moi vous servir de guide pour votre première journée de libellule.

— Avec joie, mademoiselle Virginie.

Ils firent leur premier arrêt sur une talle de fleurs dont le jaune imitait l'or du soleil. Des ombelles montait un parfum suave fort prometteur quant à la qualité du nectar que distillait la plante. Popaul se posa sur la première fleur venue, impatient de se gorger du délicieux liquide quand le ciel s'obscurcit tout à coup. Il leva les yeux juste à temps pour voir une énorme masse s'abattre sur lui à toute allure. Heureusement, Virginie veillait. D'un coup d'aile digne d'un as de l'air, elle écarta Popaul de la trajectoire du monolithe qui menaçait de l'écraser.

Popaul s'efforça de calmer le minuscule cœur qui cognait sans arrêt comme pour s'enfuir de la poitrine qui l'enfermait, puis prit de l'altitude afin de mieux se rendre compte de l'objet qui avait failli l'aplatir comme une crêpe. Il s'agissait sûrement d'une comète, et de belle taille encore. La savane devait être dévastée partout aux alentours.

Quand il jugea être assez haut, Popaul jeta un coup d'œil sous lui, mais n'aperçut nulle trace de la comète. Seulement un éléphanteau à peine plus gros que lui lorsqu'il était hippopotame. Vu d'en haut, l'éléphanteau ne paraissait guère menaçant, mais à mesure qu'il s'en approchait, sa masse grandit et grandit au point de devenir celle d'une véritable montagne. Popaul avait oublié la petite taille qui était désormais la sienne.

— Il faudra que je me méfie, se dit-il. Je dois rester à l'écart des gros animaux.

Virginie le rejoignit et ils s'éloignèrent à tire-d'aile de la montagne à trompe pour revenir vers la rivière dont ils survolèrent la berge jusqu'à un endroit désert. Popaul sentait son estomac affamé le tirailler de plus en plus. Virginie amorça justement un piqué avant de se poser sur une fleur d'un bleu presque noir qui exhalait un parfum capiteux. Popaul l'imita. Le nectar qui emplissait la corolle lui mit aussitôt l'eau à la bouche. La perspective de pouvoir enfin y goûter faillit l'empêcher de voir la tache noire qui fondait sur lui comme l'éclair. Heureusement, une partie de ses sens restaient aux aguets, si bien qu'il releva la tête au moment opportun.

Popaul abandonna la fleur dans un décollage foudroyant à l'instant précis où un bec plus aiguisé qu'un rasoir en sectionnait la tête d'un «CLAC !» assourdissant. Popaul louvoya entre les plantes dans l'espoir d'égarer son poursuivant, mais celui-ci devait cumuler plus d'expérience dans l'art du pilotage, car il n'arrivait pas à s'en débarrasser.

— Vite, par ici, cria Virginie en le guidant vers une herbe si grasse et si touffue qu'elle formait un tunnel.

Les deux libellules s'engouffrèrent dans l'abri végétal une seconde avant que l'oiseau transforme Popaul en chair à pâté. Le bec se referma sur du vent.

Le tunnel aboutissait à une mare.

À bout de souffle, Popaul atterrit sur une feuille de nénuphar. Quelle frousse! Sans Virginie... Un cri rauque interrompit ses pensées. Popaul eut à peine le temps de voir son agresseur l'attaquer en piqué. Il ferma les yeux, croyant sa dernière heure venue quand des remous agitèrent l'onde au moment même où l'oiseau allait l'embrocher, et une gueule immense armée de dents plus acérées qu'un couteau transperça la surface pour se refermer sur l'imprudent volatile. La seconde suivante, l'eau avait retrouvé sa trompeuse tranquillité.

Sur sa feuille, Popaul tremblait de toutes ses pattes. Il l'avait encore une fois échappé belle. Dorénavant, il devrait mieux surveiller le ciel. Il n'aurait jamais pensé que la vie de libellule puisse être si dangereuse!

— Vous allez bien, monsieur Popaul? s'inquiéta Virginie.

— Oui, m... m... merci, m... m... mademoiselle Virginie, je n'ai jamais eu s... s... si peur de m... m... ma vie.

— Ce n'est rien. Vous verrez, on finit vite par s'habituer.

Popaul n'en était pas si sûr, mais il lui accorda le bénéfice du doute. Après tout, Virginie avait plus d'expérience que lui, ayant été libellule toute sa vie.

— Si nous nous reposions un peu, maintenant que l'alerte est passée?

— B... b... bonne idée.

Virginie vola jusqu'à une feuille de nénuphar voisine et ouvrit les ailes pour les réchauffer au soleil. Si Popaul l'imita, il ne se reposa guère. Il n'arrêtait pas de scruter le ciel une seconde, puis la surface de l'eau la suivante, de crainte qu'une autre mauvaise surprise vienne écourter sa vie. Sa compagne, au contraire, paressait calmement sur son matelas végétal comme si rien au monde ne pouvait lui arriver. Guetter constamment le haut et le bas donnait le tournis à Popaul qui se demandait si tous ces dangers n'étaient pas trop cher payé pour satisfaire sa gourmandise.

Soudain, de derrière un bouquet de joncs jaillit une grenouille. Popaul ne dut son salut qu'à sa vigilance. Virginie n'eut pas autant de chance. Le batracien bondit de nouveau et atterrit sur la feuille où elle se prélassait.

Avant même qu'elle ait pu battre une aile, la pauvre avait disparu dans la gueule du monstre. Popaul frissonna à l'idée qu'il aurait pu s'agir de lui. « Un hippopotame se faire gober par une grenouille, songea-t-il, quelle atrocité ! »

La disparition de Virginie le convainquit que la vie d'insecte ne convenait pas à sa santé. Le marabout avait fait de lui une libellule, sans doute pourrait-il lui rendre sa forme première. Et plus vite il le ferait, mieux Popaul s'en porterait. Notre ami repéra la direction et s'envola à toutes ailes vers l'endroit où l'échassier avait élu domicile.

En chemin cependant, il avisa une fleur magnifique qui se détachait de toutes les autres par sa robe, d'un rouge éclatant frangé de noir. D'elle émanait un parfum si enivrant qu'un nuage de papillons aurait dû l'assiéger pour lui dérober son nectar. Pourtant, aucun insecte ne volait à proximité. Popaul en conclut que la fleur venait d'éclore. Il jeta un regard circonspect autour de lui. Aucun danger à l'horizon. Il n'en tenait qu'à lui de profiter de ce festin et de satisfaire sa gourmandise par la même occasion.

Popaul piqua sur la plante, se posa au bord de la corolle. Un liquide sirupeux comme le miel en badigeonnait l'intérieur. Popaul en aspira une gorgée et faillit s'évanouir. Jamais il n'avait rien goûté d'aussi délicieux. Enfin, sa métamorphose aurait servi à quelque chose. Il se gava de nectar jusqu'à ce que son ventre, plein à crever, refuse d'en accepter une seule goutte supplémentaire. Ne lui restait plus qu'à trouver un abri sûr où digérer ce plantureux repas. Ouvrant les ailes, il voulut décoller. Impossible. Ses pattes semblaient collées à la fleur. Il fit alors une constatation terrifiante : LA COROLLE SE REFERMAIT LENTEMENT SUR LUI !!!

Il s'était posé sur une plante carnivore !

Popaul redoubla d'efforts, battit frénétiquement des ailes dans l'espoir de se détacher, mais plus il s'agitait, plus il s'empêtrait dans la colle sucrée que sécrétait la plante. Il n'y avait pas d'issue. Popaul imaginait déjà son corps broyé en infimes fragments que les sucs digestifs du végétal dissoudraient peu à peu. Un hippopotame digéré par une fleur, c'était le comble du ridicule !

Une ombre passa. Levant les yeux, Popaul fut surpris de reconnaître Jojo qui le survolait.

— Jojo, Jojo, cria-t-il de toutes ses forces.

Heureusement, il devait avoir gardé un peu de sa voix d'hippopotame, car il vit son ami infléchir sa course dans sa direction.

— Jojo, Jojo, aide-moi ou cette fichue plante va me dévorer tout cru.

— Attends, je vais te sortir de là, le rassura son ami.

En deux coups de bec, Jojo découpa si bien la corolle que Popaul se retrouva sur le sol. Lorsqu'il se fut débarrassé des morceaux de fleur qui lui collaient encore aux pattes, il avoua au pique-bœuf : « Tu sais, Jojo, je crois que je ne suis pas vraiment fait pour être une libellule. Je t'en prie, ramène-moi voir le marabout. »

Il grimpa sur le dos de son ami qui fila en droite ligne vers la crique où sommeillait le magicien à plumes.

— Tu ne sais pas ce que tu veux, grommela celui-ci après avoir écouté Popaul. Un jour tu me demandes de te transformer en libellule, le lendemain tu changes d'avis. Je

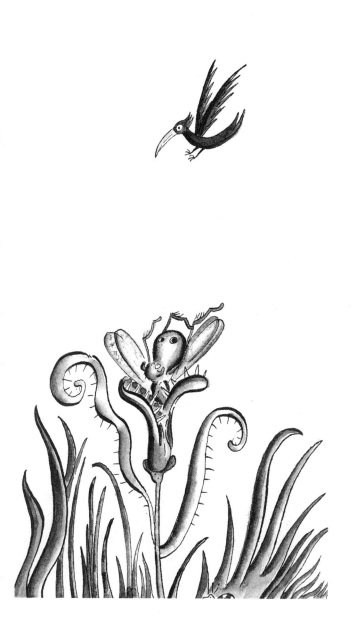

veux bien te rendre ton apparence originale, mais avant tu dois promettre de ne plus venir m'importuner avec tes caprices.

Popaul, qui était prêt à de bien plus grands sacrifices pour retrouver la sécurité de son ancien corps, jura bien haut que plus jamais il ne ferait appel aux services du vieil oiseau. Apparemment satisfait, celui-ci refit ses gesticulations à l'envers, avec une multitude de sauts, de battements d'ailes et de cris plus rauques les uns que les autres au terme desquels on entendit un très gros «POUF!». Popaul se sentit tout à coup plus pesant, énormément plus pesant. Quand il baissa les yeux pour se regarder, il constata que son corps avait retrouvé ses rondeurs. Un immense soulagement l'envahit et il se promit bien ne plus jamais se laisser emporter par la gourmandise.

Aujourd'hui, Popaul a beaucoup vieilli, mais il est facile de le reconnaître parmi ses congénères, car outre le fait qu'il soit le plus svelte des hippopotames, c'est aussi le seul à marcher sur la pointe des pattes afin de n'écraser ni fleurs ni libellules.

— Popaul était peut-être plus gros que toi, déclara Nicolas quand Balthazar eut terminé son histoire, mais la morale reste la même : la gourmandise est un vilain défaut, y compris pour les vieux chats gris !

À ces paroles, Balthazar sentit son poil se hérisser.

— Tu n'y es pas du tout. Il faut savoir se contenter de ce que l'on a. Si Popaul n'avait pas cherché à maigrir, rien de tout cela ne serait arrivé. Gras il était, gras il aurait dû rester. C'est l'évidence même. Il est dangereux de contrarier la nature. On ne récolte que des ennuis. En ce qui me concerne, suivre un régime est tout à fait hors de question.

— Mouais, évidemment, vu sous cet angle...

— Tu sais bien que j'ai toujours raison.

Nicolas ne répondit rien, mais en son for intérieur, il se demanda si le vieux chat n'adaptait pas parfois la morale de ses histoires à sa guise, de manière à n'avoir jamais tort.

CONTE DEUXIÈME

« Et flûte! Je n'y arriverai jamais », s'emporta Nicolas, envoyant valser dans les airs les morceaux du supermégavaisseau de l'espace qu'il essayait sans succès de monter depuis *au moins* cinq minutes.

Un fulgur à éclateur laser hyperondulatoire atterrit sur le nez de Balthazar qui sommeillait à proximité. Le gros chat saisit la petite pièce en plastique dans la gueule et se dirigea vers le lieu du drame. Aux pieds de Nicolas, il comprima les muscles de ses pattes arrière comme un ressort. En se détendant, ceux-ci propulsèrent la masse de poils gris sur le plan de travail où Nicolas, menton dans la main, ruminait sombrement les vicissitudes de la vie des enfants de son âge.

Le vieux chat déposa le fulgur à côté d'un tripode parabolique autoportant, parmi les pièces de la maquette qui gisaient pêle-mêle avec, au beau milieu, la feuille d'instructions froissée en boule.

— Problème? interrogea le gros chat en regardant à gauche et à droite où il pourrait bien poser son derrière sans risquer d'écraser un quelconque instrument dont la destruction compromettrait les futurs voyages intersidéraux de la navette.

— Oui, rétorqua Nicolas d'un ton coléreux. C'est cette saperlipopette de maquette. Il y a bien trop de morceaux. Jamais je n'aurai fini à temps pour souper.

L'horloge marquait presque cinq heures et la famille avait l'habitude de prendre son repas vers cinq heures et demie.

— Pourquoi faut-il que tu aies terminé pour souper?

Nicolas poussa un long soupir, comme si l'explication allait de soi.

— Après il y a *Patrouille du Cosmos* à la télé, puis Vincent viendra me chercher pour aller jouer. Ensuite, ce sera l'heure de la douche, après quoi je devrai me coucher. Et demain, il y a l'école. Alors, si je ne le fais pas tout de suite, quand veux-tu que je finisse la maquette?

— Et si tu en faisais un petit bout à la fois ?

— Un petit bout ? Mais cela va prendre des années ! s'exclama Nicolas horrifié. Je serai trop vieux pour en profiter !

— *Chi va piano, va sano.*

— Qui quoi ?

— *Chi va piano, va sano.* C'est un dicton italien qui signifie : «Petit train va loin.»

— Ce n'est pas un train que je construis. C'est un destructeur de Déneb.

— Oui, je sais, convint patiemment Balthazar. Ce que je veux dire, c'est que tu n'es pas obligé de tout faire à la va-vite. Parfois, on obtient de meilleurs résultats en prenant son temps. D'ailleurs, ça me rappelle... T'ai-je déjà raconté l'histoire de Baba, le paresseux ?

— Le paresseux ?

— Oui, c'est un animal de la forêt tropicale. On l'appelle ainsi parce qu'il dort tout le temps et se déplace très lentement. Attends, cela se passait...

L'aï Baba et le
haricot voleur

Il y a très, très longtemps de cela, avant que l'être humain n'apparaisse sur la terre, les animaux vivaient ensemble comme une seule et grande famille. Chaque année, ils se réunissaient afin, disaient-ils, de choisir un nouveau roi, mais en réalité il s'agissait d'un prétexte pour organiser de grandes réjouissances qui duraient plusieurs semaines. Et chaque année, Léon le lion était réélu. En effet, personne à part lui ne voulait s'occuper des charges du royaume, charges qui se résumaient essentiellement à inventer de nouvelles fêtes.

Ce jour-là, le roi Léon se promenait dans les jardins du magnifique palais que lui avaient construit ses sujets pour le remercier de ses bons et loyaux services. Il déambulait fièrement à travers les plates-bandes de fleurs et les parcelles de légumes, la tête bien haute, car il étrennait une couronne toute neuve que lui avait fabriquée son orfèvre favori. Elle était superbe. D'or fin et d'argent mêlés, des pierres précieuses des quatre coins du monde en rehaussaient l'éclat. Dès qu'il l'avait aperçue, il avait su qu'elle deviendrait sa préférée, la plus belle de sa collection. Elle n'avait qu'un seul petit défaut. Mal ajustée, la couronne avait la fâcheuse habitude de glisser de sa tête et menaçait de tomber à chaque instant, ce qui s'avérait fort agaçant.

Le roi Léon poursuivait tranquillement sa promenade dans les allées du jardin quand une boule de poils lui heurta tout à coup l'arrière-train. C'était Turalo le lapin et, comme tous les lapins, il semblait ne pas avoir une minute de trop devant lui. Maître Turalo était le Grand Jardinier du palais.

— Eh bien, maître Turalo, lui dit le roi

en replaçant sa couronne que la bousculade avait déplacée, vous me paraissez bien pressé.

— Mille excuses, Sire, répondit le lapin en s'efforçant de récupérer son souffle, j'étais si absorbé dans mes pensées que je ne vous ai pas vu.

Maître Turalo, dont la renommée de botaniste avait franchi les frontières les plus reculées, n'avait qu'une passion : créer de nouveaux fruits et légumes en tentant les croisements les plus farfelus. On lui devait notamment des tomates carrées —idéales pour les sandwiches —, des cerises avec une amande en guise de noyau, des pois gros comme un potiron et de minuscules melons qui goûtaient les pois.

— Alors, qu'avez-vous inventé cette fois, maître Turalo ? s'enquit le roi avec curiosité.

— Aujourd'hui, Sire, j'ai croisé un haricot avec une vesse-de-loup géante.

— Une quoi ?

— Une vesse-de-loup géante. C'est un champignon, expliqua le lapin. Un champignon qui pousse si vite qu'en l'espace d'une nuit, sa taille passe de la grosseur d'un grain de sable à celle d'un melon d'eau.

— Fantastique! Et qu'espérez-vous obtenir d'un tel mélange?

— J'espère, Majesté, obtenir de gros haricots qu'on pourra semer le matin et récolter le soir. Je vais sur-le-champ tenter les premiers essais. Aimeriez-vous m'accompagner?

Le roi Léon n'avait rien de mieux à faire. Il accepta donc volontiers cette invitation inattendue et emboîta le pas au Grand Jardinier tout en rectifiant pour la mille et unième fois la position de sa récalcitrante couronne.

Ils arrivèrent rapidement dans la partie du jardin que Turalo réservait à ses expériences.

De la patte, le lapin creusa un petit trou dans lequel il laissa tomber une fève sèche et toute ridée, puis il ramena la terre sur celle-ci pour la couvrir. Après quoi, il mouilla le tout avec l'eau de son arrosoir.

Le roi Léon suivait ces préparatifs très attentivement en replaçant de temps en temps sa couronne qui s'obstinait à vouloir quitter son crâne.

Turalo observait lui aussi l'endroit où la

graine avait été plantée. Tout à coup, il s'exclama :

— Regardez, Sire.

Le roi se pencha un peu plus au risque de perdre sa couronne. Des forces mystérieuses étaient à l'œuvre sous terre, car le sol s'était mis à bouger. Bientôt, un minuscule point vert apparut là où, un instant auparavant, il n'y avait que du brun. En l'espace de quelques secondes, le point vert fut remplacé par une petite feuille. Le haricot poussait.

Enthousiasmé par ce résultat, le lapin ne put se retenir de joie et se mit à bondir partout autour de la plante qui poursuivait sa croissance miraculeuse.

— C'est une réussite! C'est une réussite! criait-il en sautant à gauche et à droite.

Le roi Léon était fort impressionné par ce succès. Voir le haricot pousser à une telle vitesse le fascinait littéralement.

La plante avait maintenant quatre ou cinq feuilles et semblait ne pas vouloir s'arrêter en si bon chemin. C'était vraiment surprenant.

Turalo, dont l'excitation grandissait en même temps que le haricot, n'arrêtait pas de faire des bonds désordonnés. Sans le vouloir, il heurta le roi, toujours penché au-dessus du légume.

Deux choses se produisirent.

Sous le choc, la couronne quitta la tête du roi Léon pour tomber sur le haricot, l'encerclant proprement comme une petite clôture dorée. En même temps, la patte du roi frappa l'arrosoir dont le contenu se répandit entièrement sur le sol.

Ce qui se passa par la suite défie l'imagination.

Avant que le roi ait pu récupérer son bien, le sol s'agita avec la force d'un tremblement de terre et le haricot fila dans les airs, emportant avec lui la précieuse couronne sur sa tige.

— Ma couronne, ma belle couronne, cria le roi Léon, mais celle-ci n'était déjà plus qu'un tout petit point jaune au sommet d'une tige qui ne cessait de s'allonger et de grossir.

Bientôt, la base du légume fut aussi grosse que le tronc d'un baobab, ce qui, comme en conviendrait M. Guinness, n'est pas loin d'un record pour un haricot.

— Ma couronne, ma belle couronne, ne cessait de répéter le roi.

De peur que cette mésaventure mette prématurément un terme à une brillante et prometteuse carrière de botaniste, au moment précis où il était sur le point de croiser une carotte avec une pastèque (jusqu'à présent, il n'avait obtenu que de petits melons pointus), Turalo s'efforça de calmer son souverain.

— N'ayez crainte, Sire, elle ne s'est pas envolée, nous la retrouverons.

— Nous la retrouverons? COMMENT? rugit le roi, furieux.

— Euh... euh..., balbutia le lapin qui se creusait fiévreusement la cervelle dans l'espoir de trouver une solution rapide. Nous pourrions couper la tige...

— Pour que cette montagne de fèves s'écrase sur le palais?

— Euh... euh... effectivement, plus j'y pense, plus je crois que nous devrions éviter de couper ce haricot, admit Turalo, la fourrure moite de sueur.

Le roi se tourna vers lui, l'air menaçant.

— D'autres suggestions?

— Euh... euh... nous pourrions grimper jusqu'en haut pour la récupérer.

— NOUS?

— Euh... euh... pas vous, bien sûr, Majesté, une telle conduite serait indigne de votre rang... euh... ni moi, mes pattes ne sont pas faites pour grimper, mais il existe sûrement dans le royaume un animal capable d'une telle escalade.

— Mmmm... Ce n'est peut-être pas une mauvaise idée, reconnut le roi. Je vais immédiatement envoyer mes hérauts quérir des volontaires.

Le soir même, des dizaines de messagers quittèrent le palais dans toutes les directions en vue de trouver celui qui réussirait à rapporter au roi Léon sa chère couronne.

Or, dans une profonde jungle d'Amazonie vivait un jeune aï que ses parents avaient prénommé Baba. Baba n'était pas un aï comme les autres. Il convient cependant de préciser que, à cette époque, les aïs ne ressemblaient pas à ceux que nous connaissons aujourd'hui. C'étaient des animaux pleins de vie qui, comme les fourmiliers et les tamanoirs leurs cousins, passaient le plus clair de leur temps à courir de-ci de-là à la recherche d'insectes et de petits fruits dont ils étaient friands. Alertes et joyeux, ils aimaient la bousculade et les longues randonnées dans les sous-bois. Tous sauf Baba.

Pour son malheur, à peine sorti du ventre de sa mère, Baba s'était fait piquer par on ne savait quel mystérieux insecte. Une non moins mystérieuse maladie s'était emparée de lui, que son organisme n'avait pu surmonter. De cette maladie, il lui était resté une grande fatigue. Baba était si fatigué qu'il passait la journée à dormir. À peine trouvait-il la force, le soir, de se nourrir. Ses amis le traitaient constamment de paresseux, mais Baba était bien trop épuisé pour leur fournir des explications.

Se laver lui causait les plus grands soucis. Ses poils étaient tout emmêlés de crasse, et une algue microscopique y avait même élu domicile de telle sorte que sa fourrure avait pris une teinte verdâtre tout à fait repoussante.

Puisque la fatigue l'empêchait de faire de l'exercice, ses pattes étaient devenues si faibles qu'elles ne supportaient plus son propre poids. Par terre, Baba s'écrasait comme une grosse méduse. Il ressemblait à un tas de feuilles mortes ou pis, à une vieille pantoufle moisie qu'un géant aurait perdu en se promenant.

Pour échapper aux quolibets autant que pour ne pas se faire écraser par des animaux trop rapides qu'il ne pourrait éviter, Baba avait cherché refuge dans les arbres.

Trop dures à couper, ses griffes avaient tant poussé qu'elles ressemblaient à de véritables faucilles. Au début, Baba en avait été fort ennuyé (essayez donc, vous, de marcher sur des faucilles!), mais il avait découvert qu'il pouvait s'en servir pour se suspendre aux branches. Grâce à elles, il se déplaçait à l'envers, les faisant simplement glisser sur le bois. S'il s'endormait en chemin sous l'effort, elles l'empêchaient de tomber en raison de leur longueur. Cette position, qui n'était pas sans rappeler celle du hamac, se révélait de surcroît extrêmement confortable.

Quand les hérauts du roi Léon annoncèrent que quiconque réussirait à récupérer la couronne envolée serait généreusement récompensé, la nouvelle se répandit comme une traînée de poudre dans la jungle, et tout ce que la forêt amazonienne comptait d'animaux se réunit aussitôt pour tenir conférence.

— Envoyons nos grimpeurs les plus habiles, décréta le Grand Conseil de la forêt. S'ils réussissent, leur mérite retombera un peu sur chacun de nous.

Cette partie du monde regorgeait en effet d'experts en escalade à plumes, à poils et à écailles. Pour déterminer les meilleurs, on organisa des éliminatoires. Au terme de ces olympiades de l'alpinisme forestier, le choix des juges se porta sur le boa Bob, Aristide le ouistiti, et l'ara Pierre.

Le trio était sur le point d'entreprendre son voyage quand une petite voix tout essoufflée se fit entendre : « Et moi, pff... pff... puis-je y aller aussi ? »

Les têtes pivotèrent dans la direction d'où la voix semblait sortir, mais il n'y avait personne, rien que du feuillage. Alors, un tas de feuilles mortes à moitié moisies se mit à bouger lentement. C'était Baba.

— Toi ? s'exclamèrent les membres de la

délégation, avant de se mettre à rire. Tu as à peine la force de te tenir debout!

— C'est vrai, admit Baba, mais j'ai passé toute ma vie dans les arbres et je suis devenu un excellent grimpeur, bien que je ne sois pas très rapide. Si l'un de vous accepte de me porter sur son dos jusqu'au palais, je ne vous retarderai pas.

— Ma foi, convinrent Bob, Pierre et Aristide, après s'être brièvement consultés, si tu as envie de te couvrir de ridicule, libre à toi de le faire.

La proposition de Baba acceptée, les quatre compères se mirent en marche.

Au terme d'un long périple, ils arrivèrent enfin au palais où ils expliquèrent le but de leur visite. On les conduisit immédiatement au jardin où se morfondait le roi Léon.

Aristide le ouistiti prit le premier la parole.

— Tout le monde connaît l'agilité des singes. Parvenir au sommet de ce haricot sera pour moi un jeu d'enfant. Je serai de retour avec la couronne en un rien de temps.

Cela dit, il prit son élan et, d'un bond, sauta sur la première feuille, puis la deuxième.

Comme celles-ci étaient fort écartées les unes des autres, Aristide enroulait d'abord sa queue autour du pétiole, après quoi il se balançait et, quand il jugeait avoir un élan suffisant, lâchait prise pour empoigner la feuille suivante. L'exercice se révéla vite exténuant, même pour un singe en aussi bonne forme que lui, car les feuilles étaient trop distantes.

À cent cinquante mètres de hauteur, Aristide soufflait déjà comme une baleine. Il rata une feuille, dégringola d'une dizaine. Les forces lui manquaient. Il ne pourrait guère aller plus haut. Tout penaud, il entreprit de redescendre.

— Pouf, pouf, haleta-t-il une fois rendu sur le sol. Je n'en peux plus. Il y a trop de distance entre les feuilles. Je n'arriverai jamais jusqu'au sommet.

— Quel malheur! se lamenta le roi.

L'ara Pierre intervint.

— Consolez-vous, Majesté. Grâce à mes ailes, je parviendrai aisément à l'extrémité de la tige et ramènerai la couronne dans mon bec.

Avec un grand «crâaa», Pierre s'envola d'un puissant coup d'aile. Ses compagnons et le roi suivirent son ascension jusqu'à ce qu'il devienne un point minuscule qu'avala un nuage. Le roi Léon se frotta joyeusement les pattes. Dans quelques minutes, il retrouverait sa chère couronne sans laquelle il se sentait nu.

Une demi-heure s'écoula. Soudain, à l'endroit où la grosse tige du haricot perforait les nuages apparut une virgule qui grossissait rapidement.

C'était Pierre qui tombait comme un boulet.

Heureusement, le perroquet déploya ses ailes à l'ultime seconde et freina sa chute pour se poser délicatement sur le sol dans un grand battement de plumes.

— Rheu, rheu heu heu, fit-il en s'époumonant au point d'en perdre la voix.

— Que s'est-il passé? demanda le roi.

— La tige... rheu... monte si haut... rheu heu... qu'il n'y a plus assez d'air... rheu heu heu... pour que mes ailes me supportent.

Le roi sentait grandir son désespoir. Jamais il ne reverrait sa couronne.

— N'ayez crainte, Sssire, le rassura Bob, le boa, moi, je ne sssaurais faillir.

Le gigantesque serpent s'enroula solidement autour de la grosse tige et entreprit de la gravir. Pour cela, il s'agrippait fermement avec la queue et projetait la tête en avant, puis répétait l'opération en sens inverse. On aurait dit un énorme ressort qui se détendait et se comprimait successivement. Bob progressait rapidement. Il disparut lui aussi bientôt dans les nuages.

— Cette fois, c'est de bon augure, se réjouit tout haut le roi en croisant les griffes tout bas pour que l'expédition réussisse.

Le temps passa et avec lui renaquit son espoir.

Une heure s'était écoulée quand, subitement, on entendit un sifflement suivi d'une série de craquements. C'était Bob qui dégringolait le long de la tige, fracassant au passage les feuilles du haricot.

Par bonheur, notre boa avait acquis une longue expérience de ce genre de chute dans les grands arbres de la jungle amazonienne, quoiqu'il ne lui fût jamais arrivé de choir d'une telle hauteur.

Avec sang-froid, ce qui est, quand on y songe, tout naturel pour un serpent, Bob se

mit dans la position du ressort pour mieux amortir le choc du sol qui arrivait vers lui à la vitesse d'un cheval au galop. Après quelques rebondissements spectaculaires, heureusement moins nombreux que ceux de cette histoire, Bob finit par s'arrêter. Il revint vers le petit groupe qui l'attendait en zigzaguant et en semant des écailles à tous vents.

— Aïe! Ouille! Quelle chute, mes amis. Mes vertèbres en sssont toutes déplasssées.

— Quelle malchance, soupira le roi. Vous sembliez si bien parti.

— J'étais presssque parvenu au sssommet quand je sssuis tombé sur un roc.

— Un roc!? s'étonna le roi qui voyait mal comment une grosse pierre avait pu échouer à l'extrémité si fragile d'une tige de haricot, des centaines de mètres au-dessus du sol.

— Oui, vous sssavez, un de ssses oiseaux gigantesssques qui nichent sssur le pic des montagnes et ssse nourrisssent habituellement d'éléphants ou d'hippopotames. Ssselui-là a élu domisssile sssur une branche du haricot.

— Et alors?

— Alors, quand il m'a vu arriver, il a dû me prendre pour un asssticot. Un asssticot! Moi, l'aîné de la famille! Quelle honte! Sssi je ne m'étais pas laisssé choir, j'aurais sssûrement fini le ressste de mes jours dans ssson essstomac. Brrr! J'en ai les écailles qui ssse dresssent sssur la nuque rien que d'y pensssser.

Le roi donna libre cours à son découragement.

— C'est affreux, vous étiez mon dernier espoir, jamais je ne retrouverai ma belle couronne.

— Peut-être pourrais-je tenter ma chance, Majesté, fit timidement Baba.

Le roi tourna la tête dans la direction d'où venait la voix, mais ne vit personne, si ce n'est Aristide, qui montrait le sol du doigt.

Baissant les yeux, il regarda l'endroit que désignait le ouistiti. Il n'aperçut qu'une espèce de vieille pantoufle verdâtre, tellement elle était couverte de saleté et de moisissure. À sa grande surprise, il constata que la vieille pantoufle avait deux yeux et une bouche. C'était Baba.

— Toi! s'exclama-t-il, un peu gêné de sa méprise. Tu ne m'as pas l'air bien en forme pour une telle équipée. Comment réussiras-tu là où tes compagnons si forts et si robustes ont échoué?

— Je prendrai le temps qu'il faut, Sire, mais j'irai jusqu'au bout.

Le roi Léon en doutait. Néanmoins, face à tant de bonne volonté, il ne pouvait que s'incliner.

— Soit, si tu me ramènes ma couronne, promit-il, je te donnerai tout ce que tu voudras.

— Vous êtes trop bon, Sire, le remercia Baba qui s'approcha péniblement du haricot en rampant.

Le roi se demandait comment Baba trouverait la force de se hisser jusqu'à la première feuille, mais il garda ses réflexions pour lui.

Au pied de la tige, l'aï souleva une patte, dont les longues griffes en forme de croc pénétrèrent aisément la pulpe du légume. Grâce à cet appui, Baba réussit à se soulever et à planter les griffes de l'autre patte un peu plus haut.

Au bout d'une demi-heure, Baba, qui avait à peine franchi quelques mètres, s'arrêta.

— Qu'y-a-t-il? s'enquit le roi.

— Rien, répondit notre ami avec un long soupir.

— Pourquoi vous arrêtez-vous alors?

— Je suis fatigué. Je vais me reposer un peu.

Il s'endormit illico, le derrière sur une feuille, les deux pattes en l'air, retenues par les griffes.

Quand il se réveilla, le roi et ses compagnons avaient disparu. Sans doute s'étaient-ils lassés d'attendre. Baba ne s'en formalisa pas. Il savait combien il était lent. Ne perdant pas courage pour autant, il reprit son ascension.

Il continua longtemps ainsi, gravissant quelques mètres avant de reprendre des forces. Parfois, il jetait un regard derrière lui. Le sol ne paraissait pas s'éloigner beaucoup, mais Baba était tenace. Il persévérerait.

Une semaine plus tard, d'où il se trouvait, Baba pouvait voir le palais royal réduit à la taille d'un timbre-poste. Néanmoins, il

restait encore au moins la moitié du chemin
à parcourir rien que pour entrer dans la
couche de nuages. Même s'il ne mangeait pas
beaucoup, notre héros s'était demandé où il
trouverait de la nourriture pour ne pas
mourir de faim, puis il avait aperçu les
gousses qui émaillaient la tige à intervalles
réguliers. De grosses fèves succulentes les
remplissaient. Il y en avait suffisamment pour
apaiser son estomac jusqu'à la fin de sa vie!

Deux semaines entières passèrent avant
que Baba atteigne la couche de nuages. Il
faisait plus froid à cette hauteur. L'air était
plus ténu aussi. Heureusement, son épaisse
fourrure le tenait au chaud, et il progressait
assez lentement pour ne pas trop souffrir du
manque d'oxygène. Au-dessus de lui, le
haricot se terminait par un point noir.

Le point noir grossit petit à petit avec les jours, à mesure que Baba s'en approchait. Notre ami devina bientôt qu'il ne s'agissait pas du bout de la tige, mais du nid que le roc avait construit et dont le boa Bob avait parlé. Malgré sa peur, Baba poursuivit courageusement son ascension.

La tige n'était plus très épaisse à l'endroit que l'oiseau avait choisi pour nicher. En conséquence, le haricot ployait sous le poids du gigantesque volatile et de son refuge. Baba aperçut la couronne du roi Léon se balancer à l'extrémité de la tige, à quelques dizaines de centimètres à peine du nid qui, pour l'instant, semblait vide. Peut-être aurait-il le temps de grimper jusque-là et de récupérer le précieux objet avant le retour du monstre.

Baba n'eut pas la chance de mettre son plan à exécution. Un violent coup de vent le fouetta tandis que le ciel s'obscurcissait : le roc atterrit dans un grand battement d'ailes. Le choc secoua toute la tige, y compris la couronne qui ne tenait que par une minuscule vrille du haricot. Si jamais le bijou tombait de si haut, lorsqu'il frapperait le sol, le choc ne laisserait qu'un morceau de métal informe.

Baba se demandait comment il pourrait bien attraper la couronne avant qu'elle connaisse ce triste sort lorsqu'un cri terrible retentit, et un œil immense, trois fois plus gros que sa tête, apparut subitement à deux pas de lui. «Je suis mort, songea en frissonnant notre héros, le roc va me prendre pour une chenille ou quelque autre insecte de ce genre et ne faire qu'une bouchée de moi.»

L'oiseau examina un long moment la drôle d'excroissance moussue qui s'accrochait au haricot, se demandant si elle était comestible en dépit de sa couleur vert sale peu appétissante. Heureusement pour lui, Baba ressemblait plus à une vilaine touffe de poils graisseux qu'à une chenille dodue. Après avoir poussé un autre cri effrayant qui faillit faire lâcher prise à notre ami, le roc abandonna son inspection et s'installa confortablement dans son nid.

Il fallut beaucoup de temps avant que Baba se remette de sa frayeur et ose faire un geste, mais rien d'autre ne se produisit. Le roc devait s'être endormi. Si seulement il pouvait monter un peu plus haut que le nid, il se trouverait vis-à-vis de la couronne qui pendouillait au bout de la tige. En tendant son grand bras, il était persuadé de pouvoir l'attraper. Notre héros reprit son ascension avec prudence.

Il progressait avec une telle lenteur que c'est à peine si on le voyait bouger. Pourtant, la distance diminuait peu à peu. Une éternité plus tard, Baba se trouva légèrement au-dessus du nid. D'un côté il voyait le roc, monstrueuse montagne de plumes brunes endormie, et de l'autre, à portée de griffe, la couronne d'or et d'argent du roi Léon qui rutilait de tous ses feux au soleil.

Comme l'oiseau poursuivait paisiblement son somme, Baba déploya un bras afin de happer le bijou que la brise faisait doucement osciller à l'extrémité de la tige. Trop court! Il lui manquait quelques centimètres. Baba étira toutes les fibres de son corps pour s'approcher un peu plus. Ses griffes frôlaient la couronne. Ne se tenant que par le bout des griffes de l'autre patte, il se laissa balancer dans le vide. Son mouvement se transmit comme une vague jusqu'au sommet du haricot. La vrille qui retenait la couronne se déroula... et le bijou se détacha.

De désespoir, Baba crocha la couronne par une griffe au moment précis où elle allait disparaître dans le vide. Jamais de sa vie il n'avait agi aussi vite! Il fit glisser la couronne le long de son bras de façon à ne pas l'échapper. Il avait réussi.

Pas tout à fait.

Ce remue-ménage n'était pas passé inaperçu.

Quand il tourna la tête, Baba se retrouva nez à bec avec le roc qui le jaugeait d'un œil féroce.

Sans réfléchir, notre héros piqua l'énorme œil qui l'observait. Pour un oiseau d'une taille pareille, il ne s'agissait que d'une petite piqûre de rien du tout, mais c'était compter sans l'effet de surprise.

Petite cause, grands effets.

Le roc lança un cri rauque et battit très fort des ailes pour s'éloigner de cette tache de moisissure décidément un peu trop déplaisante à son goût. Le brusque déplacement d'air arracha Baba à la tige.

Le malheureux aï ferma les yeux, n'osant

imaginer ce qu'il adviendrait de son pauvre corps quand il finirait par heurter le sol au terme d'une effroyable chute.

Cette dernière ne dura pourtant que quelques secondes. En outre, le choc n'avait absolument rien de terrible. Baba ouvrit craintivement un œil, puis les deux. En s'enfuyant, le roc avait perdu une plume, une énorme plume brune qui descendait tranquillement vers le sol en flottant. La providence avait fait choir Baba sur ce radeau du ciel.

Un mois et demi s'était écoulé depuis que Baba avait entrepris l'escalade du haricot. Au début, le roi Léon s'était rendu chaque jour au pied du légume qui lui avait ravi sa magnifique couronne, mais après deux semaines, il avait abandonné l'espoir, déjà bien mince, de la revoir un jour. Il s'était enfermé dans sa chambre pour y ruminer des pensées moroses et refusait d'en sortir. Son joaillier s'était efforcé de fabriquer une nouvelle couronne identique à la première, mais sans succès. Rien ne pouvait égaler l'original.

Sans sa belle couronne, le roi Léon se sentait tout nu. Il se morfondait dans son lit sur le grand malheur dont il était victime quand on cogna à la porte.

— Majesté, Majesté, ouvrez vite.

— Qu'on me laisse tranquille, ordonna-t-il, je ne suis pas présentable.

— Votre couronne, Sire, elle est retrouvée.

— Retrouvée!

Le roi bondit de joie et s'empressa de sortir.

— Où est-elle?

— Celui qui l'a récupérée tient à vous la remettre personnellement.

— Le brave animal. Eh bien, qu'attendons-nous? Allons-y!

Ils se rendirent à la salle du trône, une grande pièce tout en longueur où le roi recevait les sujets qui lui demandaient audience. Le roi Léon s'installa sur son trône. Il ne tenait plus en place. Dans un instant, il retrouverait sa chère couronne.

Une demi-heure s'écoula.

— Que se passe-t-il? s'informa le roi, rongé par l'impatience.

— Il arrive, Majesté, affirma le Grand Chambellan.

— Bon.

Trente minutes plus tard, la couronne et son sauveur n'étaient toujours pas apparus. Le roi tambourinait des griffes sur l'accoudoir du trône.

— Alors? grogna-t-il.

— Je crois qu'il est à mi-chemin, Majesté.

— À mi-chemin? s'étonna le roi qui ne voyait rien d'autre devant lui que la grande salle vide.

Il fronça les yeux et aperçut par terre, au milieu de la salle, une sorte de vieux torchon sale qu'on semblait avoir laissé traîner là.

— Qu'est-ce que c'est que ça?

— Heu... mais celui qui a sauvé la couronne royale, Sire.

Le roi Léon plissa les yeux davantage. Le torchon s'était rapproché de quelques centimètres. Il bougeait si lentement qu'on l'aurait cru immobile.

N'en pouvant plus d'attendre, le roi se leva et partit à la rencontre du vieux torchon, malgré les cris du Grand Chambellan selon qui pareil comportement enfreignait les règles les plus élémentaires du protocole.

— Alors, mon ami, dit le roi à Baba

quand il fut près de lui, vous avez une bonne nouvelle à m'annoncer, paraît-il?

— Oui... Sire, répondit l'aï en s'efforçant de reprendre son souffle. Tenez.

Il tendit la couronne qu'il avait sauvée de l'oiseau roc.

— Ma couronne, ma chère couronne. Marchons jusqu'au trône, vous me conterez votre aventure et me direz ce que vous aimeriez recevoir en récompense. Alors, ne me cachez rien, je veux tout savoir. Que s'est-il passé là-haut?

Comme Baba ne répondait pas, le roi tourna la tête. Il s'était avancé à une allure normale, mais notre héros traînait déjà de plusieurs pas en arrière. Le roi évalua la distance qui les séparait du trône et calcula qu'à cette vitesse, il leur faudrait bien encore trois heures pour y parvenir. Il fit donc signe à deux serviteurs qu'on amène le siège jusqu'à lui.

Confortablement assis, le roi Léon écouta avec un grand intérêt les péripéties du jeune aï. L'audience se prolongea fort tard dans la soirée, car Baba s'endormit à deux ou trois reprises durant le cours de son

histoire. Quand celle-ci fut terminée, le roi lui demanda : « Et que désires-tu comme récompense pour ton exploit ? »

— Mon souhait le plus cher, Majesté, serait de travailler à votre service, ici, au palais.

Le roi réfléchit. Sa position lui interdisait de revenir sur sa parole, mais quel travail pourrait-il proposer à quelqu'un d'aussi lent ? Messager était hors de question. Le temps que les nouvelles lui parviennent, elles ne seraient plus fraîches. Aux cuisines ? Non, ou alors il mangerait froid le restant de ses jours.

Voyant l'embarras dans lequel se trouvait son souverain, le Grand Chambellan s'approcha.

— Sire, j'ai une idée, lui souffla-t-il à l'oreille. Vous pourriez...

— Excellent, excellent, approuva le roi. Puis, il décréta à haute voix :

— Baba, je te nomme céans mon Grand Veneur.

— Grand Veneur ? Qu'est-ce que c'est ? demanda Baba.

— Dorénavant, c'est toi qui t'occuperas de la chasse.

Baba s'étonna qu'on lui confie une telle tâche car, à cette époque, les animaux ne se dévoraient pas entre eux, ils étaient strictement végétariens.

— La chasse ?

— Oui, mais pas n'importe laquelle. Mon Grand Chambellan t'expliquera.

Quand celui-ci se fut exécuté, le visage de Baba s'illumina.

— La chasse aux gastéropodes! Voilà assurément un travail de grande importance. Je m'efforcerai de me montrer à la hauteur de la tâche que vous m'avez confiée, Sire.

— J'y compte bien, mon ami, j'y compte bien.

Baba tint sa promesse, car à partir de ce jour, on ne trouva plus belles salades dans tout le royaume qu'au palais, et le roi n'était pas peu fier de montrer ses plantations resplendissantes de santé à ceux qui voulaient bien les voir. Les jardiniers le questionnaient sans cesse pour savoir comment des salades si appétissantes échappaient à la voracité des limaces et des escargots, mais le roi refusait obstinément de révéler son secret, et nul ne se douta jamais que la vieille carpette sale, verte de moisissure, qui traînait dans un coin du potager y était pour quelque chose.

— Peuh! Chasser des escargots le restant de sa vie, commenta Nicolas. Très peu pour moi. Je préfère les pirates de l'espace et ces chiens galeux de Végans. Mon vaisseau spatial! Il faut que je le finisse, je n'ai pas de temps à perdre.

— Peut-être que si tu commençais par quelque chose de plus petit...

— Qu'est-ce que tu veux dire?

— Pourquoi ne pas débuter par le moteur par exemple. Après tout, à quoi sert un vaisseau spatial sans moteur?

— Et après?

— Après, tu pourrais monter le système de pilotage. Tu en auras besoin si tu veux te rendre jusqu'à Véga.

— C'est vrai.

— Il te faudra aussi des navettes de secours, au cas où tu heurterais un météorite en cours de route et, bien sûr, des armes pour combattre les pirates. Quand tu auras fabriqué tout cela, je suis sûr qu'il restera déjà beaucoup moins de pièces sur le bureau. Construire le vaisseau sera beaucoup plus facile.

Nicolas réfléchit un instant à cette suggestion.

— Tu as raison, il vaut mieux que je fasse les choses une à la fois, mais je ne commencerai pas par le moteur. Je fabriquerai plutôt les armes. De cette façon, si les pirates attaquent le chantier, je pourrai le défendre.

— Excellente idée. Tu constateras vite qu'en prenant ton temps, la maquette sera vite finie. Petit train va loin.

— Ou comme on dit en italien: « Qui va au piano, va sous l'eau ! »

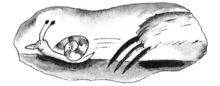

CONTE TROISIÈME

— Nicolas, est-ce toi qui as mangé le dernier morceau de gâteau au chocolat?

Nicolas savait qu'il ne servait à rien de mentir, ses parents — sa mère surtout — étant dotés d'une espèce de sixième sens qui leur permettait de détecter infailliblement la moindre invention de sa part. Malgré cela cependant, il s'entendit répondre: «Le dernier morceau de gâteau? Non. Papa l'a peut-être emmené dans son lunch.»

Il scruta, incertain, l'expression qui se dessinait sur le visage de sa mère.

— Ne raconte pas de mensonge. Je vois bien à ta figure que tu ne me dis pas la vérité.

— Ma figure? Qu'est-ce qu'elle a ma figure?

— Quand tu mens, ton nez s'allonge, comme celui de Pinocchio. Alors, est-ce toi, oui ou non, qui as mangé le dernier morceau?

Trahi par son propre corps! Sachant qu'il était inutile d'insister, Nicolas avoua. Oui, c'était bien lui.

Pour une fois, la punition ne fut pas trop sévère.

— Va réfléchir dans ta chambre. Je te dirai quand tu pourras sortir.

Le claquement de la porte réveilla Balthazar qui sommeillait au pied du lit de Nicolas.

— Dis donc, Balthazar, demanda celui-ci au vieux chat, trouves-tu mon nez plus long que d'habitude?

Balthazar examina minutieusement le visage de son ami.

— Non, il me semble tout à fait normal. Par contre, tu as une sorte de pâte brune au coin des lèvres. Pourquoi cette question?

— Maman prétend que je suis comme Pinocchio.

— Pinocchio?

— C'était un petit garçon en bois dont le nez s'allongeait chaque fois qu'il contait un mensonge.

— Ah! je vois. Le pendant humain d'Arielle en quelque sorte.

Ce fut au tour de Nicolas de ne pas comprendre.

— Arielle?

— Oui. Arielle la girafe. Elle aussi mentait. Enfin, disons qu'elle exagérait pour se rendre intéressante, mais cela revient au même. Je ne t'ai jamais raconté son histoire?

— Non.

— Eh bien, voilà...

Conte des mille
et un mensonges

Il y a de cela très, très longtemps, quand l'homme ne s'était pas encore approprié la terre et que la planète appartenait tout entière aux animaux, une coutume voulait que chaque animal consacre une de ses années au service du roi. Après avoir décliné ses qualités, chacun était aiguillé qui vers les jardins, qui vers les cuisines ou les chambres selon ses compétences.

Ce jour-là, c'était au tour d'Arielle de venir travailler un an au palais. Elle se présenta donc de beau matin au bureau du Grand Majordome, en l'occurrence un vieil orang-outan nommé Annaporte mais que, pour des raisons mystérieuses seules connues du narrateur, tout le monde appelait Levan.

(Pour la clarté du récit, précisons qu'à cette époque reculée, contrairement à la croyance populaire, les girafes avaient un cou absolument normal, comme tout animal qui se respecte. Le conteur est fier de pouvoir par la même occasion éclaircir un des plus nébuleux mystères de la zoologie.)

— Espèce, prénom et qualités, questionna le vénérable primate en plongeant une longue plume d'oie dans un pot d'encre de pieuvre pour consigner le tout sur un grand parchemin.

— Girafe, Arielle et je sais tout faire, déclara tout de go notre étourdie qui avait une très haute opinion d'elle-même.

— Hum, hum! la modéra maître Levan. Mais plus précisément, qu'as-tu déjà fait dans la vie?

— J'ai compté toutes les étoiles du ciel et je connais leur nom par cœur, affirma Arielle qui aurait bien voulu travailler au Grand Télescope de l'Observatoire Royal.

— Donc tu as une bonne mémoire, inscrivit le vieux singe.

— Une très bonne mémoire, souligna Arielle.

— Une très bonne mémoire.

— Très, très bonne.

— C'est noté. Quoi d'autre?

— Je sais tresser les plus magnifiques tapis du monde avec des herbes de toutes sortes de couleurs, expliqua orgueilleusement Arielle qui n'aurait pas non plus détesté travailler à la confection des somptueux habits du roi.

— Donc tu es habile de tes pattes.

— Très habile, rectifia notre amie.

— Très habile.

— Très, très habile.

— Oui, bon, je l'ai marqué. Rien d'autre?

— Je suis capable de soulever de grosses pierres, ajouta Arielle après avoir réfléchi un instant et s'être dit que cela pourrait être agréable de servir d'assistante à l'Architecte Royal qui avait pour charge de construire d'innombrables édifices aux formes audacieuses.

— Je l'inscris : sait porter de grosses pierres.

— De très grosses pierres, insista la jeune girafe.

— De très grosses pierres, soupira le majordome.

— D'énormes rochers.

Maître Levan la regarda d'un œil sévère.

— Euh, pas vraiment énormes, les rochers, mais très gros tout de même, se reprit-elle.

— Alors, récapitulons, gronda l'orang-outan qui n'en était pas à son premier vantard. Tu as de la mémoire...

— Une très bonne mém... voulut corriger Arielle avant que le regard noir de l'orang-outan la dissuade d'aller plus loin.

— Je disais donc. Tu as de la mémoire, tu es habile de tes pattes et tu sais porter des choses assez lourdes.

Arielle ouvrit la bouche pour ajouter quelque chose, mais changea d'idée à l'air furieux que prenait maître Levan.

— C'est ça.

— Parfait. Eh bien, je crois que j'ai exactement ce qu'il te convient.

— Chic! se trémoussa notre héroïne en songeant déjà aux merveilleuses choses qu'elle allait accomplir.

— Oui, maître Alé a justement besoin de quelqu'un aux cuisines.

— Aux cuisines! se désola Arielle. Aux cuisines?

— Exactement, expliqua malicieusement le Grand Majordome. Comme tu as une très, très bonne mémoire, tu retiendras facilement des recettes compliquées. Puisque tu es très, très habile de tes pattes, tu n'éprouveras aucune difficulté à préparer des plats élaborés, et comme tu sais porter de très lourdes pierres, les énormes sacs de farine et de sucre qu'on y trouve te paraîtront aussi légers que des fétus de paille.

La tirade de maître Levan fit comprendre à Arielle qu'il était inutile de protester. Sa mère lui avait répété à maintes reprises que mentir ne lui apporterait rien de bon, mais c'était plus fort qu'elle. On aurait dit que les mots sortaient tout seuls de sa bouche.

Après s'être renseignée, Arielle prit donc le chemin des cuisines. À mesure qu'elle s'en approchait, montaient jusqu'à ses narines des effluves plus alléchants les uns que les autres qui éveillaient de gênants gargouillis dans son estomac. Au détour d'un escalier, elle aperçut enfin la porte derrière laquelle ronflaient les fours servant à confectionner les mets succulents dont le roi Léon faisait son ordinaire. Arielle poussa la porte et, derrière, découvrit une petite armée de cuisiniers aux prises avec une multitude de plats.

Notre héroïne s'avança prudemment, mais personne ne lui prêtait attention tant chacun s'efforçait de réussir la tâche qui lui avait été confiée. Arielle aperçut des veloutés aux arômes délicats rappelant les prés et les bois, des pièces montées d'une folle audace et des desserts tellement savoureux qu'ils semblaient fondre avant même d'arriver à la bouche. « Maître Alé reconnaîtra sûrement mes talents et me confiera un travail à ma hauteur », se dit Arielle.

— Que fais-tu ici ? tonna derrière elle une voix qui la fit sursauter.

La question émanait d'un gorille qui devait bien avoir cinq fois son âge.

— Euh, c'est maître Levan, le Grand Majordome, qui m'a dit de venir. Il prétend que vous avez besoin d'aide.

— Le vieux chenapan ! Il m'envoie

encore quelqu'un qui ne lui plaît pas. Enfin! Que sais-tu faire?

Arielle se rappela que ses vantardises n'avaient pas donné les résultats escomptés avec maître Levan. Pourtant, malgré cette leçon toute fraîche, elle s'entendit répondre : «Je sais tout faire.»

Le gorille fronça les sourcils.

— Vraiment! Tu es sûre que tu n'exagères pas un peu?

— Moi? se récria Arielle. Pas du tout. Dans ma famille, nous sommes toutes cordons-bleus de mère en fille. Je peux cuisiner n'importe quoi. Mettez-moi à l'épreuve, vous verrez.

— Parfait, sourit le singe qui, comme tous les vieux de son espèce, n'en était pas à sa première grimace. Tu arrives à pic. Le roi vient justement de commander pour son souper une calembredaine d'éphéméride à la ravigote et tous mes assistants sont occupés. Pourrais-tu t'en charger?

— Évidemment, affirma Arielle gonflée de sa soudaine importance. Qui ne sait pas préparer une... euh, une...

— Une calembredaine d'éphéméride à la

ravigote. Tiens, installe-toi là. Tu auras tout ce qu'il faut à portée de la patte. Et surtout, n'oublie pas de la cuire à point. Le roi raffole des calembredaines d'éphéméride à la ravigote, mais il les préfère bien cuites.

Arielle se retrouva devant une batterie de cuisine et une ribambelle d'ingrédients. Sa joie d'avoir convaincu le maître-coq que la cuisine n'avait plus de secret pour elle fut cependant de courte durée. Comment diable préparait-on une calembredaine d'éphéméride à la ravigote? Elle n'avait jamais entendu parler d'un tel plat!

Son ignorance ne l'arrêta pas pour autant. Elle prit un peu de ceci, un soupçon de cela, sala le tout, y ajouta des aromates et du poivre, laissa mijoter sa concoction quelques minutes, puis appela maître Alé.

— Déjà! fit celui-ci feignant la surprise.

Non seulement tu t'y connais très, très bien, mais tu es très, très rapide. Laisse-moi goûter.

Très fière, Arielle tendit une cuillère de bois au cuisinier qui la prit et la plongea dans l'infâme bouillon avant de la porter à ses lèvres.

— Pouah! cracha-t-il aussitôt. Qu'est-ce que cela? Je te demande une simple calembredaine d'éphéméride à la ravigote et tu me sers une carabistouille de pipistrelle à la nage?

— Euh, j'ai dû prendre les mauvais ingrédients. Je vais recommencer.

— Alors, dépêche-toi. Si le roi n'a pas sa calembredaine à six heures tapantes, il sera de très mauvaise humeur.

— Oui, oui, je m'y mets tout de suite

Un peu moins sûre d'elle maintenant, Arielle se saisit d'une autre casserole et inventa une nouvelle recette, mêlant miel, moutarde, sucre, lait, sel et un peu de pâte de tomate, pour la couleur. Elle espérait que cela suffirait, car elle n'avait toujours strictement aucune idée de ce que goûtait une calembredaine d'éphéméride à la ravigote. Quand le liquide pâteux et brunâtre fut chaud, elle refit signe à maître Alé.

— Tu as fini? J'espère que tu ne t'es pas trompée cette fois!

Le gorille plongea la louche dans la rebutante bouillie, puis l'amena à sa bouche pour recracher sur-le-champ la gorgée qu'il venait d'avaler.

— Mais tu veux m'empoisonner! Ne peux-tu préparer correctement une chose aussi simple qu'une calembredaine d'éphéméride à la ravigote? Explique-toi. Allons, j'attends.

Dans la cuisine, le travail s'était interrompu et on suivait attentivement la discussion. Arielle sentit le poids de tous ces regards braqués sur elle. Sachant qu'elle ne pourrait y échapper, elle prit une grande respiration et dit, d'une voix si petite qu'on l'entendait à peine: «Je... j'ai menti.»

— Quoi? Que dis-tu? Parle plus fort, je ne t'entends pas, tonna maître Alé.

— J'ai menti. Je ne sais pas ce qu'est une calembredaine d'éphéméride à la ravigote!

Arielle, qui s'attendait à ce que le maître-coq s'emporte et la jette hors de la cuisine, fut fort étonnée quand, au lieu de cela, un grand rire secoua le gorille.

— Eh bien, moi non plus! Pareil plat n'existe pas, je viens tout juste de l'inventer. Que cela te serve de leçon. À force de mentir, il t'arrivera malheur. Entre-temps, puisque tu ne connais rien à la cuisine, va rejoindre les apprentis. Ce n'est pas le travail qui manque.

Soulagée de s'en tirer à si bon compte, Arielle rallia l'équipe de gâte-sauce et de marmitons chargée de maintenir les feux dans les fourneaux, de nettoyer la vaisselle et de prêter assistance aux cuisiniers.

Elle y fit la connaissance d'une petite souris qui s'appelait Miquette et relayait les messages des cuisiniers à leurs aides. Miquette courait toute la journée d'un bout à l'autre de la grande pièce, transmettant les ordres qu'on lui donnait.

Les semaines passèrent.

Arielle n'oubliait pas la leçon que lui avait donnée maître Alé et se gardait bien de se vanter et d'exagérer, même si elle en avait très envie et si, comme elle l'avait remarqué, Miquette prenait tout ce qu'on lui racontait pour de l'argent comptant.

Un jour, la petite souris arriva en

galopant jusqu'à Arielle qui récurait les casseroles.

— Arielle, Arielle, as-tu entendu la nouvelle ?

— Quelle nouvelle ?

— Le roi Léon organise un grand pique-nique.

— Et alors ?

— Alors, quelqu'un devra bien l'accompagner pour le servir. Je me demande qui maître Alé choisira.

— Sûrement pas nous. Je n'ai jamais vu le roi. J'aimerais beaucoup le rencontrer.

L'annonce du pique-nique sonna le branle-bas de combat dans la cuisine. Il n'y avait pas de temps à perdre, car il aurait lieu trois jours plus tard et mille et une choses devaient être préparées en grande quantité, le roi ayant invité une foule d'animaux pour lui tenir compagnie.

La veille du jour P (pour pique-nique), vers quatre heures de l'après-midi, un ultime TOC se fit entendre dans la cuisine, puis ce fut le silence : le dernier cuisinier venait de déposer sa cuillère de bois. Tout était fin prêt pour le lendemain.

Sur la grande table au centre de la pièce s'amoncelaient les plats : salades, pains, tartinades, sandwiches, légumes apprêtés de trente-six façons, sauces, trempettes, biscuits et le reste. Mais la pièce de résistance, celle à laquelle maître Alé avait personnellement travaillé tout ce temps, était un magnifique gâteau de trente étages en sucre candi et en crème représentant le palais.

Ce gâteau fabuleux posait toutefois un problème au vieux singe. En effet, chacun sait que les meilleurs cuisiniers sont aussi les plus gourmands, et maître Alé voyait réunis autour de lui les plus grands cuisiniers du royaume. Dans leurs prunelles brillait une lueur de gourmande convoitise. Si quelqu'un ne montait pas la garde dans la cuisine cette nuit, il risquait fort bien de manquer un petit morceau de gâteau le lendemain matin. Mais à qui pourrait-il confier une tâche d'une telle importance ?

C'est alors que ses yeux tombèrent sur Arielle.

— Arielle, demanda l'auguste primate, as-tu peur la nuit ?

— Peur ? Je n'ai jamais eu peur de rien.

Même le dragon le plus effrayant ne me ferait pas peur.

Le gorille soupira en constatant que la jeune girafe n'avait pas tout perdu de sa vantardise. Malheureusement, il n'avait personne de mieux sous la main.

— Arielle, j'ai une mission capitale à te confier. Si tu la réussis, peut-être auras-tu la chance de voir le roi demain.

Maître Alé lui expliqua ce qu'il attendait d'elle : veiller sur l'alléchant gâteau afin que nul n'y porte la patte durant la nuit.

Le soir venu, Arielle s'installa confortablement dans la cuisine vide, jurant bien que pas un être vivant ne toucherait au précieux gâteau, dût-elle périr pour cela.

Tout se déroula bien jusqu'à minuit.

Lorsque l'écho du douzième coup de l'horloge finit par s'éteindre, un nouveau bruit le remplaça, un bruit ténu qui grossit peu à peu et semblait sortir de partout. Intriguée, Arielle tendit l'oreille. Le bruit se rapprochait, devenait plus clair. D'ailleurs, Arielle s'en aperçut, il n'y en avait pas un, mais plusieurs. D'un coté on entendait TAP, TAP, TAPETAP. De l'autre, cela ressemblait plutôt à RRAM, RRAM, RRRRRAM. Et par-dessus ces deux bruits, on percevait une sorte de vrombrissement : VRRM, VRRM, VRROUMMM. Que se passait-il donc ?

Soudain, d'un des angles de la salle surgirent une, puis deux, puis dix, puis cent, puis des milliers de fourmis marchant au pas. Il y en eut bientôt une armée qui se divisa en deux pour se diriger vers la table sur laquelle trônait le magnifique gâteau. Et ces milliers de pattes, multipliées par six, rompaient la quiétude de la nuit en faisant TAP, TAP, TAPETAP.

Arielle s'apprêtait à défendre chèrement le gâteau contre cette horde de fantassins miniatures quand un mouvement attira son attention dans l'autre coin de la pièce.

Elle tourna la tête et, d'une anfractuosité du mur, sortirent un, puis deux, puis dix, puis cent, puis des milliers de cancrelats aux ailes carapaçonnées et luisantes qui se déployèrent aussitôt afin d'envelopper en un mouvement tournant la table et le gâteau qui, visiblement, constituaient leur objectif. On aurait cru un défilé de blindés minuscules. Et les milliers de pattes de ce régiment troublaient la paix nocturne en faisant RRAM, RRAM, RRRRRAM.

Arielle hésita. Quel était le danger le plus pressant? Les fourmis ou les cancrelats? Elle n'eut pas le temps de décider. D'une fissure dans le plafond jaillirent tout à coup une, puis deux, puis dix, puis cent, puis des milliers de mouches. Une véritable nuée d'avions en réduction qui se scinda aussitôt en dizaines d'escadrilles avant de piquer VRRM, VRRM, VRROUMMM droit sur la montagne de crème et de sucre se dressant sur la table.

Pendant les heures qui suivirent, Arielle se démena comme un beau diable, piétinant les fourmis avec ses pattes arrière, écrasant les cancrelats de ses pattes avant et fouettant les mouches au moyen de sa queue. Malheureusement, la lutte était trop inégale. Pour chaque fourmi qu'elle aplatissait, chaque cancrelat qu'elle écrabouillait, chaque mouche qu'elle abattait, dix mille autres faisaient irruption dans la cuisine. Au bout de quatre heures d'un combat sans merci, une mouche s'enfuit avec la dernière miette du gâteau.

— Vous ne croirez jamais ce qui m'est arrivé, déclara Arielle le lendemain matin à un maître Alé éberlué.

Celui-ci était bien d'accord avec elle. Il imaginait déjà l'histoire abracadabrante que la jeune girafe allait inventer pour expliquer la disparition du gâteau.

Le vieux gorille réfléchit à la manière dont il pourrait apprendre la vérité.

— Attends un instant.

Maître Alé laissa Arielle pour aller chercher dans son officine une pommade de sa composition, car il faut préciser qu'en plus de faire la cuisine, il pratiquait aussi la magie blanche, ce qui se conçoit puisque, et l'auteur en sait quelque chose, réussir un plat tient parfois plus de la sorcellerie que de la dextérité. L'onguent de maître Alé avait la propriété particulière d'amener les menteurs à se trahir d'une manière fort simple : la partie du corps sur laquelle il était appliqué s'allongeait à chaque nouvelle invention. Maître Alé n'avait encore jamais eu l'occasion de le tester. Cet oubli allait être réparé sur-le-champ.

— Avant de raconter ton histoire, laisse-moi t'enduire le cou de cette pommade, expliqua le futé gorille joignant l'acte à la parole.

Le cou enduit d'onguent magique, Arielle relata ses péripéties nocturnes. Tout au long du récit, pourtant incroyable, maître Alé ne cessa de surveiller le cou de notre héroïne, mais celui-ci ne poussa pas d'un millimètre. Force lui fut donc d'admettre qu'Arielle avait bel et bien dit la vérité. Pour la récompenser d'avoir combattu si vaillamment les hordes d'insectes qui avait pillé le gâteau, maître Alé la désigna pour servir le roi Léon au pique-nique.

— Tu te rends compte, nous allons rencontrer le roi. Quelle chance! déclara Arielle à Miquette qui avait été choisie pour l'accompagner.

— Oui, répondit la petite souris, mais n'oublie pas de te laver le cou pour enlever la pommade miraculeuse ainsi que te l'a expliqué maître Alé, sinon tu sais ce qui risque de t'arriver.

— Non, non. Je le ferai tout à l'heure. Dépêche-toi ou nous allons arriver en retard.

Le pique-nique se déroulait dans une

clairière de la forêt qui bordait le château et son domaine. Après le casse-croûte, le roi Léon annonça : « Pour bien terminer ce repas plantureux et faciliter notre digestion, Nous décrétons qu'il y aura une partie de cache-cache. Notre Grand Chambellan comptera jusqu'à mille avant de commencer à nous chercher. »

Le Grand Chambellan rouspéta bien un peu, soutenant que c'était toujours lui qui s'y collait, mais il finit par accepter la corvée qui lui avait été confiée.

— Un, deux, trois...

Les animaux s'égaillèrent dans tous les sens sauf le roi ainsi qu'Arielle et Miquette, qui demeuraient à son service. Le roi hésitait, ne sachant quelle direction prendre.

— Sire, Sire, par ici, je connais une bonne cachette, affirma Arielle qui, en réalité, n'avait jamais mis les pattes dans la forêt.

Le roi Léon suivit la jeune girafe et Miquette qui s'enfonçaient déjà dans les taillis.

— Vous êtes déjà venues ici ? s'enquit-il.

— Cette forêt n'a plus de secrets pour moi, mentit Arielle. Qu'avez-vous, Sire ? Quelque chose ne va pas ?

— C'est curieux, j'ai cru voir ton cou
s'allonger.

Arielle se souvint qu'elle n'avait pas eu
le temps d'enlever la pommade magique.
Elle devrait se méfier de ce qu'elle dirait si
elle ne voulait pas se retrouver avec un cou
long de trois mètres!

— Par ici, par ici.

La forêt devenait de plus en plus dense,
les bois semblaient se refermer sur eux.
Soudain, comme ils franchissaient un passage étroit entre deux arbres, ils sentirent le
sol céder sous leur poids. L'instant d'après,
les trois compères déboulèrent cul par-dessus
tête jusqu'au fond d'un grand trou creusé
par les infiltrations d'eau.

— Theu heu heu, toussa le roi en épous-
setant ses habits couverts de poussière. Que
s'est-il passé?

Du fond de la caverne, ils apercevaient
un rai de lumière poussiéreux qui pénétrait
par l'orifice dans lequel ils étaient tombés,
très au-dessus de leurs têtes.

— Crions, l'on viendra sûrement à notre
secours, proposa le roi.

Leurs hurlements emplirent la caverne,

mais même les puissants rugissements du roi ne parvinrent à attirer l'attention de quelqu'un.

— Nous nous sommes trop éloignés, personne ne nous découvrira au fond de ce trou. Il faut en sortir nous-mêmes, mais comment ? conclut le roi.

— Et si nous grimpions les uns sur les autres ? Il suffirait qu'un seul d'entre nous s'échappe, il pourra aller chercher du secours.

— Bonne idée.

Arielle se campa solidement sur ses pattes, puis le roi Léon sauta sur son dos, prenant bien soin de garder les griffes rentrées pour ne pas la blesser. Ensuite, Miquette gravit cette pyramide vivante jusqu'au sommet du crâne du roi Léon. Malheureusement, il manquait encore deux bons mètres à la petite souris pour retrouver la liberté. Ils abandonnèrent donc.

Après avoir examiné les parois de la grotte, le roi essaya de les escalader en utilisant ses griffes comme autant de piolets. Il dut cependant vite renoncer à son ascension.

— La pierre est trop dure et trop glissante, expliqua-t-il. Je ne parviens pas à m'y agripper.

— Qu'allons-nous faire ? gémit Miquette. Nous allons mourir comme des rats dans leur trou.

Cette réflexion, surtout sortant de la bouche d'une souris, leur parut du plus sinistre augure.

— Si seulement nous pouvions gagner quelques centimètres, je suis sûr que nous atteindrions l'ouverture, déclara le roi Léon qui se voulait rassurant.

Ils cherchèrent autour d'eux un objet sur lequel grimper mais, outre les gravats provoqués par leur chute, ils ne découvrirent rien d'utilisable. La situation paraissait désespérée.

Alors, Arielle eut un trait de génie.

— Saviez-vous, Majesté, qu'au fond de grottes comme celles-ci vivent des animaux étranges qui ne se nourrissent que de pierres ?

— Vraiment ?

— À force de manger des cailloux, ces animaux deviennent si lourds qu'ils ne peuvent plus bouger. Afin de ne pas mourir de faim, ils sont contraints de s'asseoir, bouche grande ouverte vers le plafond, et frappent le sol des pattes jusqu'à ce que les roches de la voûte se descellent et leur tombent dans le gosier. Parfois, leur piétinement est si puissant qu'on en ressent les secousses jusqu'en surface. On appelle cela un tremblement de terre.

— Effectivement, j'ai déjà senti le sol trembler, admit le roi, mais j'ignorais qu'on le devait à ces créatures. Où as-tu appris cela ?

— J'ai beaucoup voyagé, mentit Arielle dont le cou grandissait depuis le début de l'histoire et avait bien gagné 25 centimètres.

— Euh, hésita le roi en constatant le phénomène. Je pourrais me tromper, mais on dirait que ton cou s'est allongé.

— C'est une illusion d'optique, Sire. Il flotte dans l'air de cette caverne des milliers d'organismes minuscules au corps si aplati qu'il en est devenu transparent. Quand la lumière les frappe, leur corps fait office de loupe et grossit les objets autour desquels ils s'agglutinent. C'est pourquoi mon cou vous paraît si grand.

— Je suis tout disposé à te croire, mais comment expliques-tu que ces êtres grossissants fassent effet uniquement sur ton cou?

— C'est que ma peau sécrète un parfum qui les attire, expliqua Arielle dont le cou se faisait démesuré.

— Et d'où te viennent toutes ces connaissances?

— J'ai beaucoup étudié, Sire.

Arielle leva la tête et vit que l'ouverture au plafond s'était considérablement rapprochée. L'onguent de maître Alé était vraiment d'une grande efficacité. À cette cadence, encore un ou deux mensonges et Miquette pourrait sortir de la caverne en escaladant son cou.

— Voyez, Majesté, s'exclama Arielle en désignant un stalagmite, une graine de montagne!

— Une graine de montagne?

— Oui, Sire, remarquez sa forme, ne dirait-on pas une montagne miniature? Il est vrai qu'elle pousse lentement, mais dès qu'elle aura percé le sol, elle devrait donner une montagne de belle taille.

Le roi indiqua un stalactite qui pointait vers le bas.

— Et qu'est ceci alors?

— Une graine aussi, Sire. Mais celle-là a plus de travail à faire, car elle germera de l'autre côté de la terre.

La tête d'Arielle atteignait maintenant presque l'orifice par lequel ils étaient tombés.

— Laissez-moi m'appuyer sur vous, Majesté. Miquette grimpera le long de mon cou et ira chercher de l'aide.

— Mais je croyais que...

— Je vous expliquerai tout après, Sire.

En posant ses pattes antérieures sur les épaules du roi, Arielle parvint à gagner un peu plus de hauteur, si bien que Miquette n'eut aucune peine à sortir du trou. Quelques minutes plus tard, une équipe vint secourir les deux infortunés.

De retour au château, le premier soin d'Arielle fut d'enlever la pommade magique qui lui enduisait le cou. L'onguent les avait sauvés, mais à quel prix! Son cou était maintenant si long qu'elle ne pouvait même plus

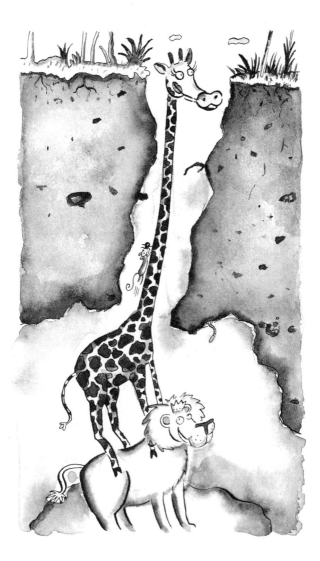

travailler à la cuisine sans en toucher le plafond! Notre amie croyait bien être obligée de quitter le palais. Le soir même cependant, le Grand Majordome vint la trouver.

— Le roi tient à te remercier de l'avoir sauvé, il aimerait te nommer son Grand Menteur.

— Grand Menteur?

— Oui, c'est une nouvelle fonction qu'il a créée spécialement en ton honneur. Les histoires que tu lui as contées dans la grotte l'ont fort impressionné. Dorénavant, ta tâche consistera à le divertir en en inventant de nouvelles, le soir avant le coucher ou les jours de pluie, quand il s'ennuie. Acceptes-tu?

— Avec joie.

Ainsi donc Arielle devint le premier Grand Menteur du roi Léon. Elle imagina des histoires si merveilleuses que les animaux les apprirent par cœur pour les réciter à leur tour à leurs petits. Plus tard, quand l'homme apparut sur terre, il les consigna par écrit pour en faire des contes.

De cette histoire, on retient deux choses. D'abord, si les girafes sont aujourd'hui affublées d'un cou gigantesque, elles ne le doivent pas à l'évolution comme on le prétend, mais à Arielle qui conserva son immense cou et le transmit à tous ses descendants. Ensuite, que ceux qui se qualifient pompeusement d'«écrivains» de nos jours auraient été fort surpris d'apprendre qu'ils n'auraient finalement guère été plus que de «Grands Menteurs» s'ils avaient vécu au temps du roi Léon.

— Qu'as-tu à m'examiner ainsi? interrogea Balthazar après avoir raconté son histoire.

— Rien, j'essayais seulement de voir si ton cou n'était pas en train de s'allonger.

— Peuh! Oserais-tu insinuer que je raconte des mensonges?

Nicolas sourit. Il savait le gros chat susceptible et n'hésitait pas, quand il en avait l'occasion, à lui tirer la pipe.

— Mais non, seulement ton histoire est un peu dure à avaler. Un cou qui pousse! Je me demande parfois où tu vas chercher tout ça.

— As-tu déjà vu un autre animal avec un cou aussi long que la girafe?

— Non, bien sûr.

— Pourquoi?

— Je ne sais pas, moi, je ne suis pas un savant.

— Eh bien, l'explication, la voilà. Sans Arielle, les girafes auraient un cou normal comme tous les animaux. Pas besoin d'être un savant pour comprendre ça!

— Ne te fâche pas, je disais simplement ça pour te faire ronchonner. Allons viens, je vais remettre de la nourriture dans ton plat.

— Excellente idée. Je commençais justement à sentir comme un petit creux.

— Ça ne serait pas ton estomac qui allonge par hasard?

— Sait-on jamais? concéda Balthazar en suivant Nicolas dans la cuisine.

TABLE DES MATIÈRES

Boréal Junior

Mise en pages et typographie:
Les Éditions du Boréal
Achevé d'imprimer en mars 1995 sur les presses
de AGMV inc., à Cap-Saint-Ignace, Québec